Jinetes del Pony Express

JOHN MASTERSON

Lady Valkyrie
Colección Oeste®

Lady Valkyrie, LLC
United States of America
Visit ladyvalkyrie.com

Published in the United States of America

Lady Valkyrie and its logo are trademarks
and/or registered trademarks of Lady Valkyrie LLC

Lady Valkyrie Colección Oeste is a trademark
and/or a registered trademark of Lady Valkyrie LLC

First published as a Lady Valkyrie Colección Oeste novel.

Design and this Edition © 2020 Lady Valkyrie LLC

ISBN 978-1619510067
Library of Congress Cataloguing in Publication Data available

Índice por Capítulos

Capítulo 1... 7

Capítulo 2... 17

Capítulo 3... 29

Capítulo 4... 39

Capítulo 5... 53

Capítulo 6... 63

Capítulo 7... 73

Capítulo 8... 83

Capítulo 9... 97

Capítulo 10.. 105

Capítulo 11.. 117

1

El ambiente era *tenso y peligroso*. Pero nada podía cambiar en esos momentos de altísimo riesgo. Su vida estaba en juego escuchando los suspiros del plomo entonando canciones fúnebres a muy poca distancia.

El jinete se inclinó sobre el cuello de su caballo, clavando con desesperación las espuelas en los ijares para obligarle a desplegar una mayor velocidad, acuciado por el silbido trágico de las balas de un rifle de largo alcance, que dibujaba sonoramente la marcha rápida de jinete y animal.

El joven que espoleaba el caballo conocía perfectamente el terreno y, aunque empezaba a anochecer, sabía que los disparos se los hacían desde lo más alto de los farallones, donde existían las ruinas de lo que fue Pueblo Bonito, una de las reliquias de civilizaciones anteriores, de las varias que conserva Nuevo México.

Los disparos continuaban, y cuando estaba llegando a las ruinas de las extrañas viviendas, oyó como el golpe seco en una pared que estuviera próxima y segundos después rodaba por el suelo. El caballo había sido alcanzado en el pecho, indicio éste que descubría un segundo enemigo.

Se habían colocado estratégicamente en los farallones del cañón. Sabían que al iniciarse el ataque no se detendría, sino que intentaría ganar las ruinas de Pueblo Bonito, donde podría esconderse durante toda la noche hasta burlar, con un poco de suerte, la vigilancia de los que atentaban contra él.

Arrastrándose por el suelo, llegó al caballo, que aún conservaba algo de vida y pateaba en rebeldía a una muerte que no deseaba.

El jinete hizo salir del pomo de la silla una pesada talega de cuero y se arrastró con ella por la arena, muy caliente aún del tórrido sol, que durante el día había calcinado los lugares en que se encontraba.

A pocas yardas veía las primeras minas del viejo y circular pueblo. Si lograba llegar hasta el otro lado de los viejos muros, podría considerarse salvado.

Las balas levantaban nubecillas de polvo a poquísimas yardas de su cuerpo. El que disparaba se había dado cuenta de la maniobra del jinete y, para evitar sus propósitos, los proyectiles iban ahora cerrándole la marcha hacia los muros.

Se detuvo, orientándose, sin levantar el cuerpo de la arena, y decidió ponerse en pie e inclinarse a un lado y a otro en una vertiginosa carrera.

Según lo pensó lo hizo. Se levantó y zigzagueando en una rapidísima marcha, llegó hasta el muro, que escaló con facilidad, pero al caer al otro lado, sintió el mismo ruido que antes y como una mordedura en el hombro izquierdo. Una sonrisa triste iluminó su tostado rostro. Se dejó caer en el suelo, amparado ahora por el muro, y llevó la mano derecha bajo la camisa hasta el hombro izquierdo, por la parte de la espalda. La sacó teñida del líquido viscoso rojo. Estaba herido. Ignoraba la importancia de la herida, que no podía ni lavar.

En esa zona del Cañón del Chaco, no había ríos de mayor o menor importancia; solamente, por espacio de pocos meses, unos balbucientes arroyos humedecían algunos acres cuadrados. Pero estaban en la época de mayor calor y sabía que hasta el este del Cañón de Cherry y un poco al norte, en Arizona, no encontraría agua y aun en muy poca cantidad.

Había visto algunos heridos en las zonas auríferas de Nevada, Colorado y Wyoming, y sabía que en caliente podían mover los miembros heridos, pero que lo hacían con dificultad cuando la herida se enfriaba. Por eso hizo un esfuerzo y, agachándose para no ser visto, caminó junto al muro. Pronto se dio cuenta de que se hallaba en la mayor aglomeración de minas, donde, por lo tanto, habría de ser más fácil esconderse.

Se le ocurrió de pronto una idea. Lo que debía interesar a sus enemigos no era él precisamente, sino aquella bolsa de cuero que llevaba y en la que iban algunas onzas de oro en polvo y pepitas y unos documentos con destino a San Francisco.

Se metió los papeles dentro de la camisa y dejó en la bolsa parte del oro que no podía llevar en sus bolsillos, abandonándola en un lugar bien visible, manchándola previamente de sangre.

Fue saltando obstáculos, con una facilidad de la que se creía incapaz, y salió del poblado muerto por la parte en que había un gran redondel, como si se tratara de un circo romano, pero con muros de más de metro y medio. A pocas yardas, en ángulo, los restos de similares viviendas limitaban por ese lado Pueblo Bonito.

Enfrente había unos altos farallones de granito y laderas escarpadas. Salió al valle y, arrastrándose entre los matorrales de olorosa manzanilla, continuó alejándose de las ruinas, que estaba seguro habían de ser registradas minuciosamente al iniciarse el nuevo día.

Quería intentar llegar durante la noche hasta Otis, una pequeña avanzada en el desierto. No conocía a nadie, pero confiaba encontrar alguna persona caritativa que le prestase ayuda para curar la herida, que empezaba a originarle molestias cada vez que movía el brazo izquierdo.

Continuó por el fondo del cañón, pasando por Casa Chiquita y Kin Klitso. Por encima de él estaban los restos de Pueblo Alto.

Para ganar tiempo y muchas millas, cruzaba el cañón en sus viajes. Había entrado en él por Hungo Pavi y al llegar a Chettro Kettle se inició el tiroteo.

No dejó de caminar y al llegar a Peñasco Blanco, donde el cañón se bifurcaba en sentido diagonal a la marcha anterior, se desvió hacia el norte. Antes de la medianoche había salido del cañón y caminaba con dificultad creciente por la llanura, esteparia y desértica, hacia Otis.

Luchaba con su seminconsciencia, cuando vio frente a él las blancas paredes de una casa de estilo mexicano. El afán de considerarse a salvo hizo precipitar el riego sanguíneo, perdiendo todo conocimiento.

Cuando abrió los ojos se encontró en una cama bastante cómoda, y junto a él los rostros de dos mujeres que le contemplaban anhelantes.

Una era vieja, de aspecto bonachón y agradable. La otra, joven y muy bella, con ojos negrísimos y grandes, típicos de las mujeres de origen mexicano.

Miraba a una y a otra como si no quisiera dar

crédito a sus ojos. De vez en cuando, los cerraba para que la expresión de sorpresa aumentase en su rostro al comprobar que no era un sueño.

—¿Dónde estoy? —preguntó por fin—. ¿Cómo llegué hasta aquí?

—Debes hacerle callar, mamá. No le conviene hablar —dijo la joven, en español, ignorando que el herido conocía ese idioma.

—No diga nada. Ha perdido mucha sangre —indicó la vieja.

—Le encontró mi padre sin sentido a la puerta de casa, esta mañana. Debía llevar allí mucho tiempo. Tenía fiebre y la herida del hombro infectada —añadió la joven.

El herido llevó una de sus manos a la camisa, tocándose en el pecho reiteradas veces.

—No tema —tranquilizó la joven—. Tenemos sus cosas guardadas. Lo recogí todo y está en sitio seguro. No se lo hemos dicho a mi padre.

—Una mueca que quiso ser una sonrisa, fue el puente que le transportó a otra pérdida de conocimiento.

—¡Oh, Dios mío...! ¿Se habrá muerto...? —lamentó la joven.

—No temas, hija mía. Se ve que tiene una naturaleza fortísima, aunque ha quedado muy débil.

—No debió faltar papá esta noche de casa.

—No tenía más remedio que llevar esa partida de ganado hasta Española. La esperaba el coronel y ya le conoces. No hay posibilidad de hacerle esperar.

Se oyó un silbido en la parte exterior de la vivienda.

—Cuidado, hija mía, con contar nada de esto a Jimmy.

—No tengas miedo, mamá. No le diré nada.

—Pase, sheriff, pase...

—Lo que debes decirle es que se decida a casarse. Nosotros nos vamos haciendo viejos.

—¡Qué cosas tienes, mamá...!

La joven salió del cuarto y la madre se sentó al lado del herido. El silencio era tan absoluto, que sólo lo turbaba la respiración silbante del herido.

La vieja se quedó dormida, despertando sobresaltada al oír la voz de una joven que entraba diciendo:

—¿Pero dónde estás metida, tía Ana?

—¡Hola, Etty! No te he oído llegar. Me quedé dormida.

—¿Quién es ese hombre?

—¡Chist! Ya te lo diré. Ven.

Salieron las dos mujeres, dejando la recién llegada un agradable perfume. La habitación empezaba a quedar completamente oscura. El sol se había puesto horas antes.

Minutos después regresaban las dos mujeres.

—Habéis hecho bien, tía Ana. Parece joven.

—Debe serlo, y no es feo, ¿verdad?

—Es difícil juzgar así.

—John se oponía por Jimmy, el novio de Bess. Es muy celoso y si se entera de esto...

—No debéis decir nada.

Oyeron detenerse a un grupo de jinetes, que golpearon en la puerta poco después.

—¡Quiénes serán, Dios mío! —decía tía Ana.

—Vete a ver, yo vigilaré al herido mientras.

Salió Ana, diciendo:

—¡Voy, voy!

—Soy yo, Ana, el sheriff.

Etty escuchó con la puerta del cuarto entreabierta.

—Vengo acompañando a estos inspectores, que buscan a un peligroso pistolero que asesinó al Pony Express, robándole la talega de cuero con el oro y la documentación que llevan periódicamente a San Francisco. ¿No habéis visto por aquí a ese forajido?

—Es un chico alto y bastante joven. Empezó muy pronto —añadió una voz extraña para Etty.

Esta miró con odio al herido y ya iba a salir para

comunicar lo que sucedía cuando oyó decir a tía Ana:

—No. No hemos visto a nadie por aquí.

—En el pueblo tampoco ha aparecido nadie —comentó el sheriff.

—¡Es muy extraño! Vino en esta dirección. Las huellas conducían a esta casa, pero no hemos querido acercarnos sin pedir ayuda al sheriff.

—Si no te molesta, Ana, vamos a registrar la casa...

—Sheriff, estoy sola, con la hija del coronel, que no se siente bien. No está mi esposo ni mi hija.

—No tardaremos mucho —dijo uno de aquéllos.

Etty, sin meditar en lo que hacía, se quitó aprisa el traje y las botas de montar y se metió en la cama, colocando la ropa de tal forma que ocultó al herido con gran habilidad. Confiaba en que, al verla a ella, no se atreverían a acercarse. Intencionadamente, recogió las ropas de modo que pudiera verse bien cuanto había bajo la cama.

La pobre Ana iba mecánicamente detrás de aquellos hombres que abrían las puertas. Cuando llegaron a la que estaba el herido, dijo:

—No abra ahí, sheriff... Está la hija del coronel un poco indispuesta.

Uno de los acompañantes del sheriff se adelantó a éste y abrió con rapidez.

Al ver a Etty en la cama, iluminada con el candil que llevaba el sheriff, quedó quieto.

—Perdone esta molestia, miss Etty —dijo el de la placa.

Y cogiendo el pasador, el otro volvió a cerrar.

Ana respiró con satisfacción y agradeció a la joven en lo íntimo de su ser la decisión que había tenido, salvándola de una situación tan difícil.

No escuchaba ninguna de las excusas que tanto el sheriff como sus acompañantes le daban. Estaba abstraída en los pensamientos e ideas más encontrados.

Sabía que no era justo esconder así a un asesino, pero no sabía explicarse por qué lo había hecho.

Cuando Etty volvió a sentir el galopar de los caballos al alejarse, saltó rápidamente de la cama, se vistió, y al entrar Ana le dijo:

—No debiste mentir ocultando a este muchacho, que debía ser ahorcado.

—No sé por qué lo hice.

—Me metí en la cama porque se me ocurrió escuchar lo que decíais. Quise ayudarte a sostener la mentira... Espero que Dios me lo perdone.

—Tal vez lo hiciera porque está herido. Si vieras sus ojos abiertos, dudarías de lo que hemos oído, como yo. Su mirada es noble y su voz dulce.

—Pero asesinó por robar a un hombre.

—No me lo recuerdes. Cuando John se entere...

—Le echará de casa y hará muy bien.

—No podría sostenerse en pie dos yardas. Eso sería más crimen que...

—El que ha cometido, puedes decirlo.

—Y, sin embargo, conozco a John. Irá a ver al sheriff y a decirle que está aquí.

—Pero eso la colocará en una situación muy difícil y también a mí misma. Apareceré como cómplice de un asesino. Yo me metí en la cama con él para engañar al sheriff. Si John hace eso, estamos perdidas.

—Pues lo hará, le conozco bien.

—Hay que sacarlo de aquí antes de que regrese tu esposo mañana.

—¿Y dónde le vamos a llevar y cómo?

—Tengo el calesín a la puerta. Echado en el pescante no es fácil que le vean.

—El movimiento puede ser fatal para él.

—Pero si sigue así será terrible para nosotras. ¡Ya está! Me lo llevo a la Cabaña del Oso, en el rancho nuestro. No va nadie por allí, sobre todo mi padre no la visita nunca porque es muy difícil subir a ella. ¿No te acuerdas? Allí me gustaba ir a jugar de niña. Tú decías que era un sitio peligroso.

—Y lo es. Ya recuerdo dónde está. ¿Pero cómo vas a subir hasta allí con ese gigantón a cuestas?

—Me ayudará Bess, cuando deje a Jimmy.

—Es una temeridad, Etty. Si tu padre se entera...

—Como se enteraría es si lo dejamos aquí y John le entrega al sheriff.

—¡Dios mío, qué trastornos nos ha originado este muchacho con venir por aquí!

—De no llevárnoslo resultaría peligroso. Esos hombres no han quedado tranquilos. Volverán otra vez.

—Han debido seguir sus huellas y a la puerta hay una gran mancha de sangre, que habrán visto. Por eso fueron por el sheriff.

—Entonces no debemos perder tiempo.

—Ya no tardará Bess.

—Bien. Prepara unas mantas porque tendremos que ir muy de prisa para llegar esta noche a la cabaña.

Ana, siendo ayudada por Etty, preparó el pescante, cubriéndolo de mantas para amortiguar algo la tortura del herido. Allí colocaron también todo lo que Bess le retiró de los bolsillos y del pecho, dentro de la camisa.

Informaron a Bess de lo sucedido. Ya ella había oído hablar de que dos inspectores buscaban a un pistolero que debía ir herido. Por eso dejó cuanto antes a Jimmy para acudir a su casa.

En pocos minutos trasladaron al herido, que seguía inconsciente, al calesín, y las dos jóvenes, sentadas en el pescante, ocultaron al hombre, cubriéndolo con mantas. Todas las cosas propiedad de éste iban dentro del cochecito también.

Obligó Etty al caballo a realizar un esfuerzo, y poco antes de amanecer, entre las dos, con grandes dificultades y esfuerzos consiguieron dejar instalado al herido en la cabaña abandonada, sobre un montón de hojas y las mantas.

Etty colocó otra vez las vendas, que se habían movido en el traslado. Recordando que cuando era pequeña se había caído, dañándose de importancia en una rodilla y pensando en un ungüento que había en su casa para las heridas, marchó en busca de él, quedándose Bess al cuidado del herido.

El coronel había marchado con los vaqueros a Santa Fe y no regresaría hasta la noche.

Etty experimentó una gran satisfacción por esta ausencia, encargando a Bess que dijera a su madre que, si le preguntaban, afirmase que pasó allí aquella noche, un poco indispuesta.

El ungüento hizo su efecto en la herida, pero Etty comprobó al reponer el vendaje que la bala estaba dentro. Ella la veía perfectamente porque estaba casi a flor de piel.

2

Varias horas después, el herido abrió los ojos, cuando ya Etty temía seriamente por su vida y pensaba en la gran complicación que supondría este hecho, ya que ella no se atrevería a arrojar el cadáver al agua desde el gran farallón que había junto a la cabaña, sobre el río Grande.

Lo que veía ahora el herido era tan distinto, que supuso un sueño el recuerdo de su anterior despertar.

La joven que ahora tenía al lado era otra, aunque se dijo que más bella incluso.

—¿Cómo se encuentra? —preguntó Etty, asegurándole así que no soñaba.

—No tengo... fuerzas... para nada. Me duele la espalda. ¿Dónde estoy?

—No tiene que temer. Está lejos de todo peligro. Los inspectores no vendrán por aquí.

—¿Los inspectores? ¿Qué inspectores?

Etty se acercó más a él y le miró con fijeza a los ojos, recordando las frases de Ana.

—Me refiero a los que le están persiguiendo por el asesinato del Pony Express y el robo de lo que llevaba. Todo lo tiene aquí en esta cabaña. Cuando esté mejor, debe marchar lejos y no originarnos más molestias.

Etty se levantó y se apoyó en el quicio de la puerta de la cabaña.

—No comprendo nada... de lo que dice...

—Está bien. Pero, por favor, cállese... No quiero oírle mentir también.

El herido guardó silencio y cerró los ojos.

La joven creyó que había vuelto a quedar inconsciente y se acercó, colocando la mano sobre la frente.

—¡No, no me muero aún!

Retiró Etty la mano, como si la hubiera picado un bicho venenoso, y salió de la cabaña, alejándose.

Marchó a casa, en espera del regreso de su padre, pero sin poder alejar un solo minuto de su imaginación el recuerdo del herido.

Sentía compasión por él, para segundos después, odiarle del modo más intenso.

Se mostraba muy satisfecha por lo que había hecho y se arrepentía de ello.

Recordando las palabras de Ana, tenía que reconocer que sus ojos eran hermosos, y noble su mirada, pero esto no podía desmentir lo que todo comprobaba. La herida en la espalda del hombre perseguido y aquel oro y aquellos objetos producto del robo, después de asesinar a un hombre tal vez a traición.

Había momentos en que decidía referirle la verdad a su padre; pero como esto sería traicionar a Ana, la mujer que la crio a la muerte de su madre, y a Bess, a la que quería como una hermana, se arrepentía de pensar así.

Sin embargo, no dejaba de ser una mala acción ayudar a un asesino para que burlase la justicia.

No podía permanecer en un mismo sitio más de algunos minutos y, a medida que la luz desaparecía, pensaba más en el herido que abandonó a su suerte, sin dejar a su alcance ni un poco de agua.

Empezó a preocuparla la posibilidad de que con la fiebre se levantara y, desconociendo el paraje en que se encontraba, se despeñase por el farallón al río.

Luchaba titánicamente entre el deber de ayudarle como enfermo y desvalido, y el de ciudadana del orden y de la ley. Eran incompatibles.

El recuerdo de Ana, que se lo jugó todo frente al sheriff y aquellos inspectores, le dio ánimos en algunos momentos, pero en otros pensaba en lo que dirían de ella si se descubría su acción. La rigidez característica de su padre la preocupaba mucho.

El coronel sería capaz, en caso de enterarse de lo que sucedía, de entregar a su propia hija, a pesar de lo mucho que la quería, por cómplice de un asesino.

Pero se dijo que puesto que había sido ella quien propuso el traslado hasta la cabaña, debería seguir ayudándole a curarse y después de curado, cuando pudiera valerse por sí mismo, dejarle que marchase de allí, con el ruego de que cuando le cogieran, no descubriese el lugar en que había estado oculto.

La llegada de su padre con los vaqueros, de Santa Fe, distrajo a Etty. Entre los viajeros estaba John, con el que no quiso cruzar una sola palabra, para no tener que mentirle.

Era ya muy tarde cuando la casa quedó en silencio y Etty, en la cama, no podía conciliar el sueño. Se sentía responsable de haber abandonado a un herido en condiciones tan especiales.

Por eso, mucho antes de ser de día, se levantó, sin

haber cerrado los ojos dos minutos, y se encaminó hacia la cabaña.

El herido continuaba con mucha fiebre.

—¡Un poco de agua, por favor...! —pidió tan pronto como la oyó entrar.

Etty, con los ojos llenos de lágrimas, acercó la cantimplora que llevaba con whisky, a los labios del herido, que bebió con ansia.

—¡Ah! Es whisky..., gracias.

—¿No está mejor?

—No, no... Debería extraerme la bala. ¿No se atreve a hacerlo?

—¿Yo?

Etty, ante la posibilidad apuntada, tembló como la hoja en el árbol.

—Sí, con mi cuchillo puede hacerlo.

Empezaba a amanecer y Etty vio las mejillas sonrosadas por el efecto de la fiebre. Tocó con su mano en la frente, que ardía.

—¡Oh! Yo no me atrevo... Avisaré al médico... He de ir muy lejos por él.

—No tendrá tiempo de llegar... ¡moriré antes! ¡Tal vez sea mejor!

El tono angustioso de estas frases conmovió a Etty, que dijo:

—Está bien. Lo intentaré. Dese la vuelta.

Obedeció el herido, pero perdió el conocimiento antes, teniendo que ayudarle ella.

Buscó entre las cosas propiedad de él el cuchillo y destapó la herida, viendo que la bala casi estaba saliendo por sí sola.

Se armó de decisión y, en pocos minutos, con más habilidad de la que ella se creía capaz, la extrajo. Colocó ungüento con otro vendaje y le dio la vuelta, para que no se moviera el ungüento de la herida.

Asustada comprobó varias veces si el pulso seguía

funcionando, sintiéndose feliz cada vez que se convencía de que no había novedad.

Se sentó junto al lecho, en el suelo, y esperó a que volviera en sí.

También pensó en que llevaba casi dos días sin comer nada. Podía ir en busca de un poco de leche, ya que otra cosa no se le ocurría con aquella fiebre tan elevada. Pero esto suponía el peligro de ser vista.

Era cierto que muchas temporadas pasaba algunos días completamente sola, en la cabaña, con libros que cogía de la biblioteca de su padre o con los que le encargaba a éste cuando iba a San Francisco. La cabaña era un sitio ideal para ello.

Ahora, sin embargo, debía tener toda clase de precauciones para que no pudieran descubrir su secreto.

Permaneció algo más de una hora completamente abstraída en sus pensamientos y en espera de que abriera los ojos el herido. Pero éste continuaba en la misma inconsciencia. Empezaba a estar seriamente preocupada por él y pensó si no sería una gran torpeza lo que había hecho, acusándose de miedosa y de poner en juego la vida de un hombre por unos prejuicios que hasta entonces consideró estúpidos.

Pasaba varios minutos observando la respiración del herido y contemplando cómo ascendía y descendía aquel pecho fuerte. El rostro pálido, a pesar de lo tostado que estaba por los vientos y por el sol, se teñía en las mejillas de unas placas rojizas, y los labios, como grana, contrastaban con la palidez de la frente.

La boca estaba, según ella, bien formada, y los ojos, cuando se abrían, eran grandes y agradables.

Pensaba en marchar a casa a tomar el desayuno para que no extrañase a su padre su ausencia, cuando abrió otra vez los ojos el herido y, al verla sentada en el suelo, junto a él, le sonrió sin decir nada.

Como ella permaneciera silenciosa y expectante,

comentó él:

—Consiguió arrancarla, ¿verdad?

—Sí. Ahí está.

Etty señaló la bala, que estaba en el suelo.

—Me encuentro mucho mejor. No me perdonaré nunca las molestias que le estoy originando. ¿Dónde está la otra?

—Ya le he dicho que tuvimos que trasladarle bastante lejos por...

—Sí, es verdad, ya no lo recordaba. ¿Es hermana suya?

—Nos queremos como si lo fuéramos.

—Tan pronto como pueda sostenerme en pie, me marcharé.

—Aquí no tiene nada que temer. Esta cabaña está sobre una montaña y no viene nadie a ella nunca. Yo le traeré a diario comida, hasta que se encuentre con fuerzas para caminar y alejarse de esta zona.

Etty sentía muchos reparos en hablar del crimen cometido por él.

—Con la bala extraída ya, cicatrizará pronto la herida.

—El bálsamo que le he puesto me salvó la pierna cuando yo era una niña. Se curará pronto con él.

—Así lo espero.

—Ahora tengo que marcharme. Volveré más tarde y le traeré algo de comer.

—No debe molestarse tanto... No tengo apetito.

Etty iba pensando, al ir hacia su casa, en lo extraña que le parecía la forma de hablar del herido. Se había hecho otra idea de los pistoleros. Les creía más rudos e ineducados, y hasta era posible que en el fondo la molestara que no fuese así.

Cuando llegó a casa, ya estaba su padre sentado a la mesa y hablando con el capataz de asuntos del rancho. Los dos conversaban sin prestarle mucha atención a ella, cosa de la que se alegró.

Tomó el desayuno en completo silencio y después marchó a su cuarto, pero pasando antes por la cocina, de la que, sin ser vista, cogió un gran paquete de víveres, colocando de todo.

Esperó a que su padre saliera con el capataz y ella regresó a la cabaña, extrañándole aquel deseo de llegar que, no podía ocultarse, sentía.

El herido la recibió con la gran sonrisa de siempre, diciendo:

—No ha tardado mucho. Me había hecho a la idea de estar solo más tiempo.

—Ya... En esta ocasión he tenido mucha suerte y así ha podido ser, pero piense que no siempre podré venir cuando lo desee.

—¿Viven sus padres... o es casada?

—¡Oh, no! Aún no me he casado.

—Perdóneme, no es que tenga aspecto de casada, al contrario, parece una jovencita aún.

—¡No tanto! Ya tengo veinte años y a esta edad se casó mi madre.

—¿Es de por aquí?

—Sí, nací aquí... En este rancho. Usted no es de Nuevo México, ¿verdad?

—No, no... Yo nací en San Luis de Missouri y allí pasé varios años.

—¿Cómo fue...?

—¿Cómo fue qué? —dijo el herido, al ver que ella callaba.

—Oh, no es nada. Iba a preguntar una chiquillada.

—Tendré sumo gusto en responder a sus preguntas.

—Será mejor que no pregunte nada. Creo que será preferible para los dos.

El tono de Etty era seco y rotundo.

—Como usted quiera. ¿Puedo saber cómo se llama?

—Etty Alston.

—No será pariente del coronel Alston.

—Soy su hija... ¿Conoce a mi padre?

—He oído hablar de él.

—¿Dónde?

—En muchos sitios. Es un personaje popular. Se trata de una persona muy estimada.

—Es muy bueno, pero muy amante de la ley.

Comprendió el herido, por el tono cortante en que fueron dichas las últimas frases, y recordó lo que le dijo Etty de los inspectores. Por eso sonrió francamente.

—¿De qué se sonríe?

—De mí... y de usted. Porque estoy seguro de que no cree en mí.

—Debo marcharme otra vez... Pero cuando vuelva, le ruego que hablemos lo menos posible.

—Está bien. Perdóneme.

Etty marchó de la cabaña y paseó a caballo por el rancho, sin descanso, hasta la hora de comer.

Su padre estaba de muy mal humor.

—Hace tiempo que observamos que nos falta ganado y no hay medio de averiguar cuál es el medio empleado para llevárselo. No puedo sospechar de nadie.

—Debéis vigilar con atención, papá. No es posible que se lo lleven si estáis atentos. Tal vez sean pocos los vaqueros de que dispones.

—Son más que suficientes. Cada día son más vagos. Voy a dedicarme a recorrer los ranchos inmediatos. En alguno he de encontrar mis terneros... Claro que se los llevan, según Claude, sin marcar, y así es difícil poder demostrar que me pertenecen.

—¿Hace mucho que sucede esto?

—Mucho. Lo estamos silenciando hasta ver si averiguamos algo. Estoy convencido de que hay cómplices en el rancho. ¡Como encuentre al que sea...!

—¿Pero estáis seguros de que falta ganado?

—Completamente. De rodeo a rodeo echamos

de menos unas trescientas cabezas, plenamente comprobadas.

Entró Claude y habló en voz baja al coronel.

—¡Que pase! ¡No faltaba más! —dijo el coronel en voz alta—. Es el hijo de Henderson, de Santa Fe. Un joven abogado que tiene deseos de conocerte y al que he mandado venir por esto de los robos de ganado. Quiero que me asesore sobre algunas gestiones que deseo realizar.

—¿Le conoces tú?

—Aún no, pero aquí está.

El coronel se puso en pie para recibir al abogado que llegaba. Etty, en pie también, esperó la presentación y, una vez que estuvo realizada, se sentó de nuevo. Cuando lo hicieron su padre y el visitante, observó de reojo a éste.

No era tan joven como ella imaginó, por las palabras de su padre. Pasaba de los treinta años o tal vez llegase a los cuarenta, aunque se arreglaba como si en realidad tuviera solamente veinte.

Mientras hablaba con su padre de cosas baladíes, ella observó un excesivo amaneramiento en la forma de expresarse y una frialdad en sus ojos, que indicaban unos sentimientos carentes de escrúpulos.

No prestaba atención a lo que hablaban, hasta que Henderson dijo:

—Han matado al Pony Express que une Santa Fe con San Francisco y aseguran que el asesino que robó cuanto llevaba, anda por esta comarca escondido.

—¿Han vuelto a matar al Pony Express...? —dijo el coronel—. No sé cómo hay quien se preste a realizar un servicio tan peligroso.

—Este último parecía un hombre decidido, pero lo son más los que están dispuestos a que este sistema fracase. Más que por el robo en sí, lo hacen por desprestigiar el servicio. Si se extiende la desconfianza, nadie enviará nada por ellos y habrá que quitarlos.

—La diligencia es más segura.

—Yo creo que no —intervino Etty—. Es más fácil a un hombre a caballo eludir las emboscadas, que la diligencia, que tiene una ruta fija.

—También el Pony Express tiene su ruta.

—Pero será más fácil de modificar. ¿Hace mucho que han matado a ese Pony Express?

—Solamente dos días, Encontraron su talega de cuero en las ruinas de Pueblo Bonito, en el Cañón del Chaco. No hubo posibilidad de hallar lo que llevaba en la talega y afirman que pasaba del medio millón en valores y en oro. Además, hay unos papeles o documentos por los que una familia de Texas está dispuesta a pagar treinta mil dólares. Son asuntos familiares que enviaban a San Francisco. Hay quien asegura que se trata de la documentación de una mina por el Sacramento.

—¿Puede conocer alguien extraño a la empresa lo que llevaba ese hombre en su cartera?

—Bueno... Eso no es nada fácil, miss Etty, pero claro, tampoco es excesivamente difícil. El alcohol suele aligerar las lenguas.

—Comprendo...

—¿Y no se sospecha del asesino?

—¡Oh, eso sí que es difícil! Se han ofrecido quince mil dólares por su captura.

—¿Y si no se saben sus señas, cómo podrán saber que se trata de él?

—Anduvo por Santa Fe estos últimos días un pistolero famoso, al que culpan todos de la hazaña. Se trata de Pinckeston, un tejano audaz y violento, cuya talla no bajaría mucho de los siete pies. Es el pistolero más corpulento que ha conocido el Sudeste. Le llaman también el Risueño, por su hábito en sonreír siempre, incluso cuando va a disparar contra un enemigo. Por eso es sumamente peligroso. No hay medio de saber cuándo está incomodado. La última vez que actuó en un saloon de El Paso mató a cinco sin que ninguno de ellos llegase a las armas. Pasó a México, pero ahora suponen que fue él quien mató al Pony Express.

—¿Y dónde encontraron el cadáver de ese pobre muchacho? —preguntó el coronel.

—Supongo que sería en el Cañón del Chaco —dijo Etty—. Si apareció allí el talego...

—El cuerpo no apareció, pero la cartera estaba llena de sangre... En fin, será mejor que hablemos de otra cosa. No es conversación agradable para miss Etty. Se ha puesto un poco pálida desde que empezamos a charlar de esto.

Etty sintió rabia hacia sí misma por descubrir con tanta facilidad sus impresiones. Estaba segura de que no le sucedería lo mismo al abogado Henderson.

Después de terminada la comida, propuso el coronel que Etty mostrara a Henderson el rancho y el pueblo. A la noche tendrían tiempo de hablar de negocios.

Etty hubiera rehusado, de poder hacerlo, el paseo con Henderson, pero no le perdonaría su padre si hiciera lo que, dejándose llevar por el temperamento, deseaba. Además, aquello impediría que escapara a visitar al herido, que por lo oído durante la comida, identificó como a Pinckeston el Risueño.

En los momentos que Henderson la dejaba pensar por su cuenta, Etty se decía que tal vez fuera mejor no volver a aparecer por la cabaña, puesto que no quería hablar con un hombre que sabía había matado a varias personas, sin que se mostrara arrepentido por ello.

Henderson demostró ser un fácil conversador y hasta agradable en ocasiones, a pesar de sus ojos tan fríos.

Durante la visita al pueblo, volvió a oír Etty los detalles de la muerte del Pony Express, así como la descripción del supuesto asesino que resultó herido también, a juzgar por las huellas de sangre que dejó en su huida.

Henderson saludó a unos vaqueros que estaban de paso en el pueblo y a los que ella no había visto por allí hasta entonces. Estos, que procedían de Otis, hablaron de la visita al sheriff de aquella localidad de dos inspectores que iban tras del asesino del Pony Express.

Cuando estaban de regreso en casa, Etty preguntó a su padre:

—Dime papá... ¿el Cañón del Chaco es un lugar muy frecuentado?

—No, hija mía, y menos en este tiempo. El cañón es un horno durante el día.

No volvió a decir nada, pero una idea se fijaba con insistencia en su cerebro. Idea en la que pensó con anterioridad, decidiendo ir muy temprano a visitar al herido. Quería hacerle varias preguntas.

Y como estaba muy rendida de la noche anterior, se quedó dormida nada más caer en la cama.

3

Penetró Etty en la cabaña, cargada con víveres y miró hacia el herido, pero al ver su sonrisa, pensó en el acto en Pinckeston, diciéndole:

—¿Conoce usted a Pinckeston?

—¿Se refiere al pistolero?

—Sí.

—Sí. Le vi dos veces en El Paso. Una de ellas mató a cinco ventajistas que quisieron sorprenderle. La otra fue hace pocos días, en Santa Fe. Iba con un abogado de dudosas actividades, llamado Henderson.

—¡Eh! ¿Se refiere a Henderson, el hijo del famoso financiero?

—Sí.

—¿Por qué dice que es de dudosas actividades?

—Eso es lo que se comenta en Santa Fe.

—Ese hombre es amigo de mi padre y en estos días es huésped nuestro.

—Perdone entonces mis palabras. Respondía a sus preguntas.

—¿Por qué hablan así de Henderson?

—No puedo decirlo. No soy de Santa Fe. Tal vez sea porque es amigo de los hombres más sospechosos del estado. Ya sé que él podrá justificarlo por su profesión. Debe escuchar a todos y cumplir con su deber.

—Su padre es un hombre de gran fortuna.

—Conseguida de modo fácil y con un pasado borrascoso. Se enriqueció en Sacramento y San Francisco, donde tuvo algunos salones de diversión. Sus armas han debido tener más de una muesca.

—¿Y las suyas?

—Puede verlas, si conserva mis cosas. Posiblemente en el futuro no vayan tan limpias.

—No creí que llegara su cinismo a tanto.

El herido se quedó escuchando a Etty, un poco asombrado.

—Perdóneme. Lo siento mucho. No sé cómo he podido molestarla a usted para que me diga eso.

—No crea que soy tan inocente. Desde el primer momento sabemos que es usted el que mató al Pony Express y le robó todo eso que está aquí.

El herido se echó a reír y Etty, molesta, dio media vuelta, dispuesta a marcharse.

—¿Quién dijo eso?

—Los inspectores que iban en su busca y por los que hubo que trasladarle de Otis hasta aquí.

—Le ruego me refiera todo lo sucedido, sin omitir nada.

—No intentará negar después.

—Procure recordar todo tal y como sucedió.

Así lo hizo Etty con toda clase de detalles, incluso

refirió cómo ella se metió en la cama, ocultándole con las ropas para confirmar lo que tía Ana estaba diciendo.

—¿Recuerda cómo eran esos hombres? Le ruego que intente describírmelos con detalles.

Quedó pensativa Etty, diciendo al fin:

—Uno era de buena talla, sin llegar a un hombre alto; el otro más bajo que éste. Tendrían unos cuarenta años los dos. El más bajo llevaba un bigote recortado y el otro completamente rasurado.

—¿El sheriff que les acompañaba era conocido de usted?

—Sí, es el de Otis.

—Es lástima que yo no pudiera verles ni oírles.

—¿Por qué?

—Porque son los que me hirieron por la espalda. Eso es cosa de cobardes...

—Ya, ya... Indicaron que tuvieron que disparar cuando usted estaba huyendo de ellos después de asesinar al Pony Express.

—Me reí antes, miss Etty, porque soy yo el Pony Express que ellos quisieron asesinar y que muy cerca estuvieron de conseguirlo. Todo eso es parte de lo que llevaba en la bolsa de cuero, que me estorbaba para escapar de los perseguidores. La dejé abandonada en Pueblo Bonito y la manché de sangre para que creyeran que me habían matado. Siguieron mis huellas al ser de día y avanzaron a caballo. A mí me mataron el mío. En esos papeles hay algo que les interesaba mucho para atreverse a hacerse pasar por inspectores. Querían colgarme o disparar sobre mí sin dejarme hablar y recoger lo que contenía la bolsa y que supieron llevaba conmigo. ¿Comprende ahora por qué me reía?

—Pues todos le creen muerto y aseguran que fue Pinckeston.

—Pinckeston no es lo que muchos creen. Todas sus víctimas han sido siempre entre ventajistas.

—No sabe cuánto me alegra que no sea lo que yo temía. Ahora ya no me asusta que me vean venir y que se enteren de que le tengo aquí.

—Es mejor que continúen suponiéndome muerto.

—Pero esos hombres saben que no murió...

—Ellos son los que seguirán buscando. Dude de todo forastero que vea por aquí.

Etty recordó a los que saludaron a Henderson, pero no dijo nada de ellos al herido.

—¿Cómo se llama usted?

—Henry Red; los amigos me llaman Hal.

—Le diré Hal también.

—¡Gracias!

—Bueno... ¿Entonces continuaremos guardando el secreto como si se tratara en efecto del asesino de usted mismo?

—Eso es. No quiero que sepan que vivo hasta que esté en condiciones de defenderme. Estoy seguro de que tan pronto se enteren de que vivo y tengo en mi poder esos documentos, continuarán detrás de mí. Quiero salir hacia San Francisco mientras me consideren muerto.

—Piensan todos que su asesino está escondido en esta zona.

—Entonces deben andar por aquí esos dos falsos inspectores; si los encuentra otra vez, fíjese bien en ellos, y si tienen amistad con el sheriff de aquí, no le diga nada de todo esto. Es mejor que estén confiados.

—¿Y esa herida?

—Mucho mejor. Gracias al cirujano que me asiste.

Se echó a reír Etty.

—Hoy es posible que no pueda venir, porque tendré que acompañar a Henderson.

—Cuidado con él, miss Etty. Ahora ya puedo prevenirla. Confía más en mí que antes, ¿verdad?

—Desde luego. Pero no comprendo cómo mi padre le ha llamado para tratar de asuntos, si es como usted dice.

—Son pocos los que en Santa Fe lo ignoran, aunque, por las conveniencias, le tratan con respeto y afecto.

—De todos modos, viviré en guardia.

—Gracias.

Etty estuvo mucho más contenta durante todo el día.

Henderson, que decidió pasar unos días en el rancho aceptando la invitación del coronel, se mostró satisfecho de este carácter jovial de Etty, a la que acompañó al pueblo de nuevo.

Etty hizo varias visitas a amigas suyas, mientras Henderson se encontraba con los vaqueros del día anterior en un bar que había en la plaza y donde había quedado que se reuniría con la joven.

Esta, cuando iba a entrar, vio llegar a dos jinetes que desmontaron sin concederle importancia. Etty se quedó algo rezagada, continuando su camino al observar que ellos entraban también en el bar.

Eran los dos inspectores que acompañaron al sheriff de Otis en su visita a casa de Bess.

Se aproximó a una de las ventanas abiertas del bar y vio con sorpresa que estaban hablando alegremente con Henderson y con los otros vaqueros.

No se atrevió a entrar para que ellos no la conocieran también. Se dejó ver por la ventana de Henderson. Éste se despidió de sus amigos, saliendo.

—¿Encontró otros dos amigos?

—Sí... Y les conozco de Santa Fe. Creo que son dos ganaderos del sur del estado.

Estas palabras comprobaron que Hal había dicho la verdad. Si hubieran sido dos inspectores, lo habría dicho Henderson.

—No creo haberles visto por aquí.

—Es la primera vez que lo hacen, según me han dicho. Vienen en busca de ganado de selección para sus ranchos.

Etty no quiso hablar más de ellos, pero se prometió

decir a Hal que los había visto.

Tenía razón Hal. Estaban buscándole por la zona y si se enteraban de dónde estaba, no titubearían en matarle.

También pensó en lo que le dijo de Henderson. Era un hombre de actividades dudosas.

Por primera vez se le ocurrió pensar si no estaría Henderson interesado en la muerte del Pony Express.

Pensamiento que se robusteció en la mesa, al oír decir a Henderson:

—Tendrán que fijarse los rancheros de estos contornos si se presenta algún vaquero de talla elevada a pedir trabajo. Pudiera ser el asesino del Pony Express. Hay muchos dólares de recompensa por su muerte.

¿Por qué daba las señas exactas de Hal? Claro que coincidían con las de Pinckeston, pero resultaba muy sospechoso todo eso.

De pronto una terrible duda se abrió paso en su cerebro.

¿Por qué su padre consideraba tanto a Henderson? ¿A qué se debería este trato casi servil hacia un hombre cuya reputación era tan dudosa?

Cuando se metió en la cama, empezó a pasar recuento a todos los actos de su padre y tuvo que reconocer que no había nada sospechoso, a no ser esta confianza en un hombre que para ella equivalía a todo lo malo.

Por la mañana volvería al pueblo, por si hallaba a los dos inspectores otra vez. Haría por encontrarse con ellos y a ver qué le decían, si se atrevían a hablarle.

La confianza de su padre con Henderson era lo que más la preocupaba ahora, pues iba convenciéndose, cuanto más pensaba en ello, que Henderson era tal y como Hal lo describió. Posiblemente hubiese sido más explícito de no haberle dicho que era huésped de su padre.

La amabilidad extrema de Henderson para ella,

hizo que una nueva sospecha abriera surcos en su imaginación. No era posible que su padre ayudara a un hombre como Henderson a conseguir el cariño de la hija. Eran muchos años de diferencia... Pero la manera de hablarle cada vez que estaban solos padre e hija, era lo que hacía pensar de este modo a Etty.

Cada vez se sentía más a gusto en la cabaña hablando con Hal, en el que confiaba ciegamente, después de comprobar lo de aquellos falsos inspectores.

* * *

Henderson marchó a Santa Fe, quedando en regresar en el más breve tiempo posible con su hermana Dorothy, que sería buena amiga de Etty.

Hal mejoraba con rapidez, y aunque la herida estaba virtualmente curada, aún no se encontraba con fuerzas suficientes para ponerse en camino. Había invertido el orden de su vida. Dormía de día, y de noche paseaba y empezaba a montar al caballo que le había proporcionado Etty, para ir acostumbrándose.

Llevaba un mes encerrado en la cabaña y tanto Etty como él se habían acostumbrado a estar juntos algunas horas del día.

Ella no sabía explicarse por qué sentía aquella tristeza al pensar en que muy pronto tendría que alejarse Hal. Comprendía que él retrasaba la marcha escudado en una debilidad que ya no existía. Le observaba algunas noches en los ejercicios que hacía, creyéndose solo. Las acrobacias sobre el caballo indicaban que estaba completamente restablecido.

Tenía que confesarse, a solas con ella, que se había enamorado de Hal. Por eso le había dicho antes a Bess que ya había marchado de la cabaña. No quería que viera a su amiga, por la que preguntó varias veces, ante el temor de que se enamorase de ella. Para justificar íntimamente esta actitud, se decía que era por evitar un posible contratiempo a Bess, que muy pronto se casaría con Jimmy. Pero la verdad era que, celosa, no quería poner a los dos jóvenes frente a frente.

Los últimos días de estancia de Henderson habían sido de verdadera tortura para ella, pues empezaba a manifestarse como era en realidad y a expresar cuáles eran sus sentimientos, que, al parecer, aprobaba su propio padre.

No se atrevió a contárselo a Hal para no disgustarle.

Sin decirse nada al efecto, se sabían mutuamente enamorados, retrasando conscientemente el momento de separarse.

Los forasteros habían marchado a Española y ya no se hablaba de la muerte del Pony Express. Sin embargo, había profusión de carteles anunciadores de recompensa por la captura de Pinckeston el Risueño. La descripción de este personaje coincidía con Hal y éste afirmaba que no era casualidad, sino deliberado propósito de incitar a que le asesinaran por la espalda. Pinckeston era mucho más bajo que él y tenía más edad. Las señas se habían cambiado a propósito por alguien que estaba interesado en que no continuara el viaje, si es que se decidía a ello.

—Lo que no comprendo es por qué Henderson, que, según tú conoce a ese pistolero, no rectifica esa descripción —decía Etty a Hal, hablando de este asunto.

—Tal vez sea él quien facilitó esta falsa descripción, para que si vuelve Pinckeston por Santa Fe, no pueda culparle de traidor.

—Pero eso es una mala acción, porque así sabe que perjudica a otra persona que no tiene que ver en este asunto.

—No creo que Henderson me conozca a mí. He estado pocas horas en Santa Fe. Yo tenía referencias suyas antes de llegar a esa ciudad.

—Pues coincide en todo contigo lo que esos carteles dicen.

—No te preocupes, no dejaré que me atrapen.

—Lo harán por la espalda tan pronto como te consideren ese asesino. Debías hacer saber que no ha muerto el Pony Express.

—Sería peor, Etty. ¡Créeme! Pronto marcharé de aquí, si me prestas ese caballo. He de llegar hasta San Francisco. Lo prometí solemnemente en Santa Fe.

Y hay muchas personas que fían en mí. Continuarán buscándome por aquí y vigilando los caminos que conducen al Oeste. Iré al norte, hasta cruzar el Colorado, donde se le une el Dolores. Desde allí atravesaré la tierra de los mormones y los desiertos de Nevada. En el Lago Mono descansaré dos días, y desde allí, a San Francisco. Dos semanas y media de camino, si no tengo otro contratiempo.

—¿No piensas volver por aquí?

—Bien sabes que lo deseo y confío en que Henderson no habrá vencido la plaza.

—Puedes marchar tranquilo.

—Entonces me iré mañana por la noche. Procura dejarme un caballo fuerte y rápido.

—Te daré el mío, que es el mejor de Nuevo México. Lo he oído decir a muchos vaqueros.

—Sabré cuidarle con todo cariño.

—Esta noche vendré a pasear un poco contigo. Quiero convencerme de que ya estás en condiciones.

—Lo estoy. Te lo aseguro.

—A pesar de tu seguridad, quiero convencerme personalmente. Traeré ese caballo para que se vaya acostumbrando a ti.

4

Durante la noche, Etty para convencerse de que su padre dormía escuchó junto a la puerta de su cuarto, disgustándole no oír los ronquidos que eran habituales en él.

Supuso que estaría leyendo, pero no vio la luz bajo la puerta.

Entreabrió ésta un poco para convencerse de que dormía en efecto, y vio que la cama estaba vacía y sin huellas de haber sido ocupada aún.

Esto la preocupaba, pues si estaba por el rancho podría tropezar con él y no dejaba de ser una seria contrariedad.

Imaginó que se dedicaba a vigilar para ver si sorprendía a los ladrones que se llevaban los terneros sin dejar la menor huella.

Tenía miedo de salir de la vivienda, pero pensando en que Hal la esperaría, en virtud de su promesa se decidió a ir a los corrales en busca de su caballo favorito que, gozoso, la saludó tan pronto como se acercó a la empalizada. Correspondió con cariño a este saludo y le montó la silla, pero no lo utilizó para trasladarse hasta la cabaña. Al fin de la ladera dejó los caballos y subió al encuentro de Hal, que estaba junto al farallón que daba sobre el río.

—¡Hal! —llamó.

—Ven aquí, Etty —dijo él.

Cuando la joven se acercó a Hal, añadió éste:

—Allí abajo, en el río, hay unos hombres embarcando ganado en grandes balsas que llevan río abajo. Esas tierras pertenecen a vuestro rancho, ¿verdad?

—Sí. Ahí está el medio empleado para el robo. Por eso no dejan huellas.

—¿Es mucho lo que os roban cada año?

—Según mi padre, unas cuatrocientas reses de rodeo a rodeo.

—No son muchas. Claro que él se referirá a los terneros y no a los animales mayores. Esos que embarcan no son muy jóvenes.

—Entonces han de estar marcados.

—Desde luego. Podemos acercarnos a ver quiénes son. Es posible que tú les conozcas por la voz, aunque no podamos llegar tan cerca como para verles en persona.

—No me atrevo. Mi padre no estaba acostado, como yo suponía. Ha de estar vigilando.

—Vayamos a ver.

—Está lejos de aquí, Hal. Hay que dar mucha vuelta para llegar hasta allí. Es una zona en la que no he visto nunca ganado.

—Por eso la utilizan.

Hal cogió a Etty por el talle y la ayudó a caminar,

apoyándose en ella al mismo tiempo, en los descensos muy pronunciados de la empinada ladera. Cuando llegaron junto a los caballos, Hal contempló el destinado para él y chasqueó la lengua con asombro, exclamando:

—Tenías razón. Es un ejemplar admirable. Con un buen jinete será muy difícil, en campo abierto, competir con él.

—Convéncete montándolo... Procura no castigarlo mucho. Yo no lo hice nunca.

—Ni yo lo haré tampoco.

Y para demostrárselo a Etty, se quitó las espuelas, que colgó en la silla. Ella se lo agradeció con una agradable y franca sonrisa.

Etty quiso que Hal pusiera a prueba al caballo y espoleó al que montaba ella, que se lanzó al galope.

Hal animó con gritos a su montura, admirando la forma tan suave de galopar.

Parecía no moverse y, sin embargo, antes de la media milla pasó junto a Etty como una flecha. Le hizo detenerse y, golpeándole cariñoso en el cuello, decía:

—¡Eres admirable, compañero! Lo mejor que he tenido, y todos mis caballos fueron buenos.

Etty se detuvo junto a él, oyendo las alabanzas sin límite que hacía del animal.

—Vayamos hacia la zona en que están embarcando el ganado.

Aunque Etty se resistía, le guio hasta el lugar deseado, pero cuando llegaron, en virtud del gran rodeo que era necesario dar, ya no había nadie en los alrededores. Todos habían desaparecido y en la tierra inmediata al río no se veía la menor señal.

Esto preocupó a Hal, que merodeó por los alrededores buscando las huellas que debían haber.

El río hacía una especie de rinconada o remanso bajo los farallones. Lugar que identificó como el que viera desde la cabaña con las balsas llenas de ganado.

Elevó la mirada y preguntó a Etty:

—Esa plataforma o saliente que se ve desde aquí, ¿por dónde puede llegarse a ella?

—Ven.

Siguió a Etty. Media hora después llegaban al lugar deseado.

Hal desmontó, mirando cuidadosamente hacia el suelo.

—¡Ya decía yo que tenían que quedar huellas...! ¡Aquí están, y bien claras!

Etty se aproximó, desmontando también.

—¿Dónde están...? —preguntó.

—¿No las ves? Aquí han estado hace poco más de cinco hombres y un buen puñado de reses. Es un sistema ingenioso, pero no nuevo.

—¿A qué te refieres?

—Hacen descender las reses desde aquí hasta las balsas. Nadie vendría a esta plataforma para buscar huellas. Por ello no es admisible que escape el ganado con el río debajo. Por eso no encontraba tu padre el menor rastro. El buscaría donde, lógicamente, quepa la sospecha de que pueda ser puerto de salida, pero no aquí. A mí mismo no se me habría ocurrido, de no ver esas balsas. Ahora, con esa magnífica luna que hace, podemos seguir las huellas de los caballos y ver hasta dónde han ido después de realizado el embarque. Lo que no ha de ser fácil es esconder esas balsas tan voluminosas. ¿No recuerdas haberlas visto en alguna parte?

—No. No las he visto. En el pueblo hay algunas, que utilizan para cruzar ganado junto a la iglesia... ¡Calla! ¡Es posible que sean las mismas!

—¿Dónde suelen quedar de noche?

—Detrás de la iglesia, sólidamente amarradas.

—Podemos ir a comprobar si están allí o si han sido utilizadas recientemente.

—Está muy lejos, Hal. Nos llevaría mucho tiempo.

—Está bien. Sigamos estas huellas.

Hal se inclinó hacia el suelo y fue rastreando.

—Uno de los caballos tiene una herradura, la delantera izquierda, un poco más pequeña que las otras, y cortado el asa o gancho exterior —decía, según caminaba.

—Déjalo, Hal. Seguramente, para salir del rancho, describen un gran rodeo. Le explicaré a mi padre cuanto hemos descubierto. Él se encargará del resto. ¿Te encuentras con fuerzas suficientes para emprender mañana la marcha?

—Sí. Estoy como si no hubiera sucedido nada.

—Me alegro mucho, Hal. No dejes de venir por aquí tan pronto como te sea posible.

—Así lo haré. Entonces no tendremos que escondernos como ahora.

—Pero seguirá existiendo el peligro de esos carteles.

—No. Pronto conocerán que el Pony Express continúa su camino.

—¿Quieres que hable con mi padre y te quedas con nosotros de capataz? Necesitamos una persona de confianza.

—Después de este viaje. Ahora debo llevar esos documentos, tan deseados y valiosos, a su destino. Por ellos fui atacado. Si vuelve Henderson, procura enterarte dónde suelen estar más tiempo esos rancheros que tú conoces. Tengo que arreglar unas cuentas con ellos.

Etty se reía oyendo hablar así a Hal.

—Procura averiguar lo que puedas.

—Ahora vete a descansar. Te espera un camino muy penoso. Tengo miedo, por ser el último día, de que pueda sorprendernos mi padre.

Hal comprendió que era razonable el temor y marchó hacia la cabaña, pero, al empezar a caminar, se volvió otra vez junto a la joven, diciendo:

—Por si se me olvidara, mañana recuerda que debes

echar de menos tu caballo.

—Pero...

—Tu padre y los vaqueros se darán cuenta de la falta. Es mejor que seas tú quien lo comunique.

—¿No comprendes que si te cogen podrían colgarte como cuatrero?

—Ya procuraré que no lo hagan. No será tan fácil darme alcance.

—Ya sabes, por experiencia, que las armas corren más.

—Sí, es cierto... Seré precavido.

Etty se alejó pensativa por la próxima marcha de Hal y por lo que acababa de descubrir éste.

Desmontó con gran cuidado y caminó por la casa con todas precauciones. Su padre roncaba fuertemente cuando pasó ante su cuarto.

A la mañana siguiente despertó un poco tarde y, al bajar a desayunar, ya había salido el coronel hacía tiempo para Española, según le dijo la cocinera.

Desayunó sin prisa, volviendo a pensar, con tristeza, en la marcha del amado. No podía ocultarse que le amaba con toda su alma y que había de ser para ella un gran vacío, no fácil de llenar.

Se le ocurrió marchar una temporada junto a Bess. Cuando regresara viviría algún tiempo en la cabaña, llena de recuerdos de Hal.

Continuaba en la mesa bajo la galería, cuando llegó su padre, desmontando y sentándose a su lado.

Una idea cruzó por su imaginación. Quería descubrir ella a los que se dedicaban a embarcar las reses por un sistema tan original. Esto le serviría de distracción en ausencia de Hal.

—Pasado mañana llegará Henderson con su hermana —indicó su padre—. Espero que seas amable con esos muchachos.

—No comprendo qué te propones con hacer que

Henderson pase aquí tanto tiempo.

—Tenemos negocios en común. Es mi socio en el rancho y en otros asuntos. No he querido decírtelo antes por no alarmarte. No iba todo tan bien como yo quisiera. Los robos de ganado me dejaron en una situación vacilante, y Henderson me ha ayudado mucho asociándose a mí.

Etty comprendió ahora mucho mejor la actitud de su padre.

Sintió amargura por él, que siempre deseó para su hija una gran fortuna, y quedó pensativa, cuando su vista errante se fijó en las huellas del caballo del coronel, claramente impresas en la arena ante la casa.

No oía lo que su padre hablaba en esos momentos, sólo repetía en su imaginación las frases de Hal horas antes... Allí estaban las huellas de que él habló. Era el caballo que montaba siempre su padre el que tenía el defecto observado por Hal. Esto indicaba, sin temor a errar, que él robaba su propio ganado.

Esto era tan extraordinario, que se resistía a entrar en su cerebro, pero en el acto recordó que, según acababa de decir él mismo, tenía un socio. Luego lo que hacía era robar al socio.

Y este socio era Henderson, el hombre sin escrúpulos.

Sonreía tristemente, pensando en lo que diría de todo esto Hal si lo supiera.

Estaba casi segura de que Hal sospechó la verdad en el acto. Por eso le mostró aquellas huellas.

No se dio cuenta de la marcha de su padre y allí permaneció más de una hora como si se hubiera quedado sin la facultad de hablar ni de moverse.

No salía de su asombro. Su padre, al que consideró el símbolo de la honradez y la lealtad, era uno de los que robaban el ganado del rancho, porque éste no le pertenecía sólo a él.

Ahora comprendía su amistad con un hombre como

Henderson, carente de todo escrúpulo. Posiblemente, Hal conocía también el pasado de su padre, que no debía ser lo que ella imaginó siempre.

Sólo sabía que estuvo por California en la época del oro, como el padre de Henderson, y tal vez fue allí donde, de una forma que sería mejor no pensar en ello, había conseguido el dinero con el que adquirió el rancho en que ella nació.

Nunca pudo hacer que Ana hablase de las causas de la muerte de su madre, cuando ella tuvo que hacerse cargo de la pequeña. Estaba segura de que Ana conocía más de la vida de su padre de lo que decía con frecuencia.

Con este descubrimiento, la marcha de Hal iba a ser un vacío mayor aún en su vida.

Si pudiera hacer lo que deseaba, pediría a Hal que la llevase con él, alejándola de aquel lugar... pero, por otra parte, con todos los defectos que pudiera tener, el coronel era su padre, y sabía que si algo bueno había en él, era el cariño a la hija que mimó siempre.

Se levantó al fin inconscientemente y, montando a caballo, marchó hacia la cabaña en que estaba Hal. Al principio se disponía a confesar al muchacho su amargura; pero a medida que avanzaba el caballo iba modificando su decisión, decidiendo al fin no decir nada.

No quería que Hal hiciera el viaje hasta San Francisco con la preocupación de su enorme amargura y decepción.

Se echó a reír sola cuando al entrar en la cabaña encontró dormido a Hal. Lo mismo podría haber sido sorprendido por otra persona. Pero con los ojos cerrados, sonrió el joven.

—No creas que estoy dormido. Dejé que llegases hasta aquí porque creí que aprovechando mi sueño llegaras a besarme.

Se incorporó de un salto, añadiendo:

—Pero ya que tú no lo haces, lo haré yo. En sueños lo

hice muchas veces.

No pudo resistirse Etty. En realidad, su pensamiento no estaba en esos momentos en Hal, aun hallándose junto a él.

—¿Qué es lo que te sucede? ¡Estás preocupada! —dijo Hal, separándose de Etty.

—He de estarlo... me disgusta mucho que te marches.

—Sólo será por un mes o poco más. Cuando regrese, pediré trabajo a tu padre y le diremos la verdad.

—Será mejor que no lo hagamos. Pasado mañana llega otra vez Henderson. Viene con su hermana.

—Eso es que tu padre desea que te cases con él. ¡Pero eso no es posible!

—Será inútil. No le amaré jamás... porque te amo a ti más que a mi vida.

Etty se echó a llorar en los brazos de Hal, que la consoló, bien ajeno a las causas de aquel llanto.

—¿Sabes lo que me gustaría, Etty?

—No sé.

—Poder bailar contigo. Divertirnos los dos en el pueblo. Que todos te vieran llegar conmigo para que eso fuera un freno a los demás. Diría a todo el mundo lo mucho que nos queremos.

—¡Estás loco! ¡Eso no es posible!

—Ya lo sé, pero no por ello dejo de desearlo.

—Desearlo también lo deseo yo... ¡Calla! Oigo voces de personas. Alguien sube a la cabaña.

Se asomó Hal, comprobando que era cierto. Dos vaqueros estaban ya a pocas yardas.

—Yo veré quiénes son y les obligaré a dejarme en paz.

Hal se metió en el interior, mientras que Etty salía a la puerta, apoyándose en el quicio como si estuviera sola.

Los vaqueros que avanzaban, ocultos ahora por el montículo que había antes de coronar la cresta, seguían hablando entre ellos, resultando desconocidas sus voces para Etty.

Y cuando les vio aparecer, comprobó que se trataba de aquellos dos con quienes habló Henderson la primera vez que fuera con él al pueblo.

—¡Oh, perdone, miss Alston! Nos hemos extraviado y veníamos a descansar en esta cabaña —dijo uno de ellos.

—Este es un camino que no conduce a ningún sitio y la cabaña está muy lejos para venir con objeto de descansar. Será mejor que desciendan otra vez y salgan del rancho. Si mi padre les encuentra dentro de estos terrenos creerá, y no sin lógica, que son los que se dedican a robarnos el ganado.

—Nosotros no somos cuatreros. Nos conoce muy bien míster Henderson, que es socio del coronel.

—De todos modos, será mejor se marchen.

—¿No nos permite descansar en esa cabaña?

—No. Estoy sola en ella y no necesito compañía.

—Yo creo, miss Alston, que...

—¡Cállate! —gruñó el otro, golpeándole el estómago con el codo—. Es que, mire, miss Alston. Buscamos a un individuo que debe andar escondido por los alrededores. Estuvo en una casa de Otis y de allí no pudo salir nada más que en un calesín que había a la puerta y que se encaminó hasta la ladera de esta montaña... Tal vez usted no esté enterada de quién es el que está protegiendo. No, no me engaño. Sabemos que está herido. No tiene que temer, no le haremos daño. La hemos visto venir a diario con víveres. Hemos permanecido algunos días en Santa Fe y ahora regresamos decididos a hablar con él.

—Ya ve que no nos engaña —dijo el otro.

—Será mejor que paséis y charlemos con sinceridad. —Hal, con un revólver en cada mano, salió de su cabaña de un salto, sorprendiendo a los que estaban con Etty.

—¡Hal! —gritó Etty.

—Vete al rancho, Etty. Lo que vamos a hablar nosotros

será en un lenguaje que es preferible no lo oigas. Te lo ruego, Etty, déjanos por favor... No me distraigas. Nos veremos después.

—Bueno... No creas que nosotros íbamos a hacerte daño —empezó uno de los recién llegados.

—¡Ya lo imagino! Es lo mismo que ibais a hacer en el Cañón de Chaco, donde me esperasteis escondidos y matasteis mi caballo, metiéndome una bala en la espalda. Veo que estáis informados de lo que sucedió después. ¿Quién os lo ha dicho? ¿Henderson?

—Henderson no entra en este asunto. Queremos hacerte una proposición. Llevas documentos que valen una fortuna..., podemos repartir el premio que dan por ellos...

—¡Cállate! Déjanos solos, Etty, por favor.

—Sé prudente, Hal —pidió ella, al alejarse y mirar a los otros con odio en los ojos.

Cuando Hal estuvo convencido de que Etty se había alejado, dijo:

—¿Quién es el que os paga por todo esto? Nada de titubeos, porque estoy deseando vengar mi herida.

—Nosotros no fuimos los que te atacamos. Nos hemos enterado que estabas aquí y hemos querido adelantarnos a los demás. Si repartes con nosotros, te diremos quiénes son los otros.

—¿Quién os ha dicho que estaba aquí?

—Henderson. Es cierto que fue él. Siguió a la muchacha cuando salía de madrugada.

—¿Y a Henderson qué le importaba todo esto?

—Quiere casarse con ella y desea que seas eliminado.

—Y supongo que fue él quien facilitó mis señas como las de Pinckeston, ¿verdad?

—Sí.

—¿Quién le dijo a él que yo soy así, si no me conoce?

—Te conoció en Santa Fe. Se lo dijo uno de los socios del Pony Express.

—¿Pero cuál de ellos? ¡Habla, que estoy perdiendo la paciencia!

—No lo sé, no los conozco. Todo esto me lo dijo Giddins.

—¿Quién es Giddins?

—Uno de los que dispararon contra ti.

—Y... ¿a quiénes les interesan esos documentos que buscáis?

—No lo sabemos. Nosotros cobraríamos el importe de la recompensa que ofrecen por ellos.

—¿Quién paga esa recompensa?

—El sheriff de Santa Fe.

—¡Sois dos farsantes! ¡No queréis hablar claro y ya me cansé!

Los dos vieron cómo se levantaban los martillos de las armas.

—¡No nos mates! ¡Te diré lo que sé! —exclamó el más asustado de los dos.

—¡Habla pronto!

—Nos han asegurado la prima que ofrecen por matar a Pinckeston. Tú pasarías por ese pistolero. Nos darían también la mitad de la recompensa por los documentos, que cobraría Henderson, diciendo que él te conocía y te llevó a una trampa.

—¿Por qué tiene interés Henderson en que no se sepa que soy yo el Pony Express?

—No lo sé; créeme.

—Id a decir a Henderson que nos veremos cuando regrese... No puedo mataros por miss Etty. Será mejor que digáis que no me encontrasteis aquí ya. Estoy seguro de que si cantáis la verdad de lo sucedido, no lo pasaréis muy bien. Si a miss Etty se la molesta lo más mínimo, yo sabré buscaros por más que os escondáis, y para reconoceros siempre, os voy a dejar señalados de forma inequívoca.

Disparó dos veces, arrancando un grito de rabia en

cada uno. Pero le obligaron a utilizar las armas otra vez, pues los heridos intentaron coger sus «Colt».

Cada uno de ellos tenía una oreja rota y la mano derecha colgando al costado sangrante.

—Ahora, antes de que me arrepienta, marchaos de aquí. Esperad. Os desarmaré primero. No puedo fiarme de traidores como vosotros.

Etty acudió asustada, y al ver la escena se tranquilizó, exclamando:

—Creí que les habrías matado, aprovechando la ventaja.

—Por eso no lo hice. No porque no lo desee ni lo merezcan.

5

—No debías pasar por el rancho, Hal.

—Sí, allí estarán los que dispararon sobre mí y he de evitar que vuelvan a perseguirme. Estoy seguro de que vigilan estos caminos.

—Vigilarán la cabaña y, como la abandonaste esta mañana, esperarán inútilmente a verte salir.

—Ten cuidado con Henderson. Está metido en todos los negocios feos de quienes tienen interés en eliminarme para quedarse con unos documentos que llevo.

—¿Crees que esos dos a quienes heriste han marchado lejos?

—Estoy seguro. No pueden presentarse, después de ese fracaso, ante quienes les enviaron.

—Entonces los otros no saben nada.

—Pero temerán que los hayan matado al ver que no aparecen a dar cuenta de que han realizado su trabajo. Por eso no habían insistido en ir hasta la cabaña. Son tus movimientos los que vigilarán, como hizo Henderson cuando estuvo aquí. Han creído que mi estado era más grave y me consideraban seguro en la cabaña.

—No debías ir por el pueblo. Tan pronto como te vean aparecer y te conozcan, dispararán sobre ti. Puedes marchar mientras ellos vigilan para sorprenderte.

—Necesito conocer a mis enemigos y ahora sé que están en el pueblo.

—¿Quieres que te acompañe?

—¿Te atreves?

—¿Por qué no? Puedo decir que has venido...

—No, no. Si no estuviera Henderson por medio sería más fácil. Así, no. Tú debes negar toda intervención en este asunto. Inventa cualquier cosa para justificar tus viajes a la cabaña.

—He pasado temporadas allí y mi padre lo sabe.

—Pues insiste en ello. Procura eliminar toda huella de mi estancia allí. Si niegas, no podrán demostrarte lo contrario, estando yo lejos.

—¿Entonces no vas por el pueblo?

—No iré. Marcharé hacia el norte.

—¿Cuándo vendrás, Hal?

—Tan pronto como me sea posible.

Etty abrazó al joven y lo besó reiteradas veces, con los ojos llenos de lágrimas.

Hal montó a caballo y cuando estuvo seguro de que Etty había marchado hacia su casa, se encaminó a Española, donde entró con toda la atención pendiente de las casas por las que pasaba, especialmente de los dos almacenes que hacían de bares al mismo tiempo y en los que se veía gente reunida.

Se aproximó a la galería de uno de estos locales y

con un lápiz escribió bajo el cartel que hacía referencia a él, en la parte blanca, sin impresión:

El Pony Express no murió, continúa su camino hasta San Francisco, y volverá para castigar a quienes quisieron matarle.

Hal Red
Pony Express

—¡Eh, muchacho! ¿Pero qué estás haciendo ahí? Pasa a echar un trago.

Hal oyó esta voz y no supo qué decir. Sería mejor entrar.

Entró decidido en el bar. Nadie de los reunidos se preocupaba de él. Miró a uno y otro lado sin encontrar a ninguno que tuviera las señas descritas por Etty.

El del mostrador, fijándose en él, quedó pensativo, al tiempo que miraba hacia uno de los carteles que había detrás de él, sobre la pared.

Hal, al descubrir esta mirada, quedó pendiente de los movimientos de aquel hombre, al tiempo que vigilaba a los demás.

—Pon un whisky a este muchacho —dijo el que le invitó a entrar al del mostrador.

—Yo creo que le conozco —comentó, al tiempo de coger la botella de whisky para servir en un vaso.

—Pues yo no le he visto hasta ahora. Es la primera vez que paso por este pueblo —respondió Hal.

Los reunidos, al oír estas palabras, miraron a Hal.

—Yo diría que he leído tu descripción en algún lugar... o cartel.

—Será mi descripción, pero no las circunstancias concurrentes.

—¡Es Pinckeston! —exclamó uno inconscientemente.

—¡No! ¡No soy Pinckeston! Me llamo Hal Red y soy el Pony Express que creíais muerto. Quisieron asesinarme y muy cerca estuvieron de conseguirlo. Volveré por este pueblo después de mi viaje a San Francisco y creo que hablaré con la persona que dio deliberadamente equivocada la descripción de Pinckeston. Podéis decirlo así a míster Henderson, y añadir que tengo en el tambor de mis armas una bala dedicada a él.

Todos los reunidos escuchaban, sorprendidos, a Hal.

—Pero el Pony Express fue asesinado —dijo uno desde una mesa.

—¿Dónde recogieron su cuerpo? ¿Quién lo vio muerto? No querrás decir que yo miento, ¿verdad?

—Ofrecen una buena prima por su matador.

—Yo no he ofrecido nada por la cabeza de quienes quisieron matarme.

—Tú no eres el Pony Express. Eres...

Las armas de Hal aparecieron en sus manos como si éstas no hubieran ido a buscarlas, disparando contra el que habló, que cayó de bruces sobre la mesa, sin vida.

—No quiso creerme e intentó matarme. No estoy dispuesto a tener otro descuido. ¡Ahora, todos vosotros levantad las manos! ¡Y miradme! ¡No soy Pinckeston, ni creo que ese pistolero sea como dicen! ¡Cuando regrese a este pueblo es posible que tenga que utilizar de nuevo las armas! ¿Hay alguno que no esté conforme? Dame ese doble de whisky a que he sido invitado. Procura otra vez no confundirte. Cuando miraste ese cartel después de verme entrar, estabas jugando con tu vida por la necesidad que tengo de defender la mía. Fijaos bien en dos forasteros que suelen hablar con Henderson, uno más alto que otro y los dos de unos cuarenta años. Son los que intentaron asesinarme en el Cañón de Chaco, hiriéndome por la espalda, después de matar mi caballo. Si les veis por aquí otra vez, decidles a los dos, de parte mía, que les buscaré, aunque se escondan en lo más abrupto de las Rocosas. Hal Red cumple siempre sus promesas.

—¿Qué haces aquí con esas armas, muchacho?

—Cuidado, sheriff. No cometa una imprudencia de la que no tenga tiempo de arrepentirse y no cargue mi conciencia con una muerte más.

El sheriff quedó paralizado frente a la puerta, mirando con asombro a Hal, al tiempo que lo hacía al cartel.

—No creí que te atrevieras a tanto. Pero serás colgado tarde o temprano.

—No quiero repetir lo que he dicho a éstos. Ellos se encargarán de explicárselo. Al que salga a la calle con ánimo de disparar por la espalda, ¡le mataré!

Bebió el whisky y, sin volver la espalda a los reunidos, salió a la calle, apartando con el pie al sheriff.

De un salto felino montó sobre el caballo, que puso al galope.

Comprendió que no le habían creído, al ver los destellos de los disparos desde el bar, cuando él ya se encontraba fuera del alcance de las armas.

En el saloon quedaban comentando la audacia de Pinckeston, ya que para ellos continuaba siendo, ahora más que antes, el célebre pistolero.

El ruido de los disparos atrajo hacia el local a la mayoría de los habitantes de Española, que, al saber lo sucedido, comentaban entre ellos con vehemencia la audacia del huido.

—Ha debido estar escondido en algún lugar próximo.

—Debemos averiguarlo y castigar a quien se haya atrevido a tanto —añadió otra voz.

—Yo os diré dónde ha estado —intervino un forastero—. Hemos ido hoy a buscarle y se nos escapó.

—¿Dónde? —preguntaron varias voces.

—Lo ha tenido oculto miss Etty Alston en la cabaña de su rancho.

—No debe escapar al castigo merecido, por ser una mujer —vertió tibiamente alguien.

—Vamos a verla. Debe detenerla, sheriff.

—Lo haré, si es cierto —respondió el aludido.

—¡Vayamos ahora mismo!

En pocos minutos se organizó la comitiva, que se encaminó hacia el rancho del coronel, al que llegaron en pocos minutos.

El coronel estaba en la mesa con su hija cuando les anunciaron la visita del sheriff y un grupo de personas.

El coronel autorizó la entrada de los visitantes.

Cuando Etty vio a los dos forasteros que se hicieron pasar por inspectores en casa de Bess, se puso pálida.

—¿Qué queréis a estas horas, sheriff? —dijo el coronel.

—Alguien acusa a miss Etty de haber tenido oculto en la cabaña abandonada al asesino del Pony Express, que esta noche ha matado a Furton porque le llamó lo que es.

—¿Quién es el que me acusa de ello? —replicó Etty, completamente serena—. Serán estos dos, que en Otis se hicieron pasar por inspectores, asaltando la casa de John y decían que iban buscando a ese asesino. Son ellos quienes quisieron matar a ese Pony Express que no ha muerto. Ellos, los que le perseguían para quitarle unos documentos que deben tener gran valor para alguno que les paga por esa muerte.

—¡Todos atrás! ¡Pronto! ¡Levantad las manos!

Los dos forasteros, sorprendiendo a los reunidos, les tenían encañonados con sus armas.

—Coge a miss Etty, Frank. Hemos de llevarla con nosotros.

Fue tan inesperada la amenaza, que nadie se movió.

Etty fue arrastrada materialmente por Frank y sacada fuera de la casa.

—Avísame cuando estéis a caballo los dos —indicó

el que hablara antes y que seguía encañonando a todos.

A los pocos segundos, gritó Frank:

—Ya estamos.

—¡Todos de cara a la pared! ¡Os voy a desarmar!

Y lo hizo con habilidad, en pocos minutos. Nadie se atrevió a volver el rostro hasta que oyeron el galope de los caballos.

—¡Pronto! Hay que seguirlos —gritó el sheriff.

—No. Matarían a mi hija. La han llevado precisamente con ellos para evitar la persecución.

—Tenía mucha razón ese muchacho. Nos hemos dejado engañar por esos forasteros —protestó el sheriff, sinceramente arrepentido.

—No comprendo nada de todo esto —decía el coronel.

* * *

Etty, amarrada por Frank, con sus manos rudas, permanecía sumisa. El caballo galopaba como si sólo llevase sobre él a una criatura de pocos meses.

—Es un estorbo viajar con esta mujer —protestó Frank.

—La abandonaremos cuando estemos seguros de que no nos persiguen.

—Bien pero ahora, hemos de alcanzar a ese maldito Pony —gruñó Frank.

—Lo hemos tenido al alcance de la mano... Decías que estaba muy grave aún.

—No se nos escapará. Hasta San Francisco podremos alcanzarle, si caminamos sin descanso. El creerá que no le seguimos.

—Debimos llegar un poco antes al bar.

Continuaron galopando cuatro o cinco millas.

—Arroja a esa muchacha al suelo —gritó el compañero

de Frank.

Este empujó a Etty, que cayó de bruces, dañándose en las manos y en la cara, que sangraba copiosamente a consecuencia del golpe.

Perdió el conocimiento y no podría decir cuánto tiempo estuvo allí al volver en sí. Con dificultad se puso en pie. Los labios y las mejillas los tenía magullados, pero se sentía contenta porque temió ser peor tratada.

Lentamente, se encaminó hacia el pueblo, pensando en que, al fin, con la actitud de estos asesinos, había resplandecido la inocencia de Hal. Temió, sin embargo, por éste, pues los dos perseguidores no abandonarían la pieza fácilmente.

De pronto, se echó a reír como una tonta, mientras caminaba. Hal no llevaba el camino que los otros imaginaban y les sería muy difícil encontrarle.

Era ya bien entrado el día cuando llegó al pueblo, prestándose varias personas a ayudarla, pidiendo perdón por el daño que le habían originado al pensar tan mal de ella.

Supo lo del escrito que había hecho Hal bajo el cartel y fue a comprobarlo, admirando la loca valentía del joven.

Pronto quedaría sin efecto la reclamación contra Pinckeston, pues la noticia de que el Pony Express vivía aún, habría llegado ya a Santa Fe.

Etty no quiso detenerse durante mucho tiempo en el pueblo, marchando hacia su casa en cuanto pudo. Una vez allí, el coronel expresó la gran alegría de volver a verla. Creía que no regresaría más.

Terminaba de curar a Etty, lamentándose de que no hubiera tenido confianza en él para decirle lo del herido, cuando llegaron Henderson y su hermana, que ya habían conocido en el pueblo lo sucedido a la joven, celebrando que no hubiera tenido peores consecuencias.

—Son sus amigos, míster Henderson... —manifestó

Etty—. Aquellos a quienes saludó en el bar y que me dijo que eran rancheros cuando yo les había visto presentarse como inspectores en casa de mi amiga Bess.

—¿Por qué no me lo indicó entonces? Yo les conocí en Santa Fe.

Etty guardó silencio.

—Creo que ese muchacho que estuvo escondido en este rancho me culpa a mí de no sé qué cosas —continuó diciendo Henderson.

—¿Es posible? —preguntó con extrañeza el coronel.

—Eso me han explicado en el pueblo. No sé por qué me odiará así. Tal vez sea porque me haya visto pasear con miss Etty.

—Será mejor que no disimule más, míster Henderson. Sorprendimos a dos de sus emisarios y éstos dijeron que usted cobraría el importe de la recompensa ofrecida por esos documentos.

—Sí, sí... Es cierto. Como abogado fui encargado de encontrarlos, y yo comisioné a varios hombres audaces... Consideraba a ese muchacho como el asesino del Pony Express. Ni a uno ni a otro había visto nunca.

Etty, desarmada al ver que Henderson no negaba, no quiso continuar, segura de que, como buen abogado, tendría respuesta para todo.

—Perdóneme —dijo a la hermana de Henderson—. No sé lo que me digo. Estoy aún bajo la influencia de los hechos acaecidos anoche.

—No se preocupe por mí; lo comprendo. También a mí me parece a veces muy extraña la actitud de mi hermano. Mucho más se lo ha de parecer a una mujer enamorada.

—Pero si yo no estoy enamorada de su hermano.

—Me refería al otro, al que ha marchado, y que tú atendiste durante tanto tiempo.

—¿Cómo sabe que lo atendí tanto tiempo?

—Me lo ha dicho mi hermano. Él lo sabía.

El coronel, sorprendido, miraba ahora a Henderson con una interrogación muda.

—Sí, es cierto. Vi a miss Etty salir muy temprano y marchar hasta la cabaña con víveres.

Etty le miró con fijeza.

—Es poco noble ese hábito de espiar a las personas.

—Pido perdón por esa debilidad.

6

Hal, que siguió hacia el norte todo el curso de río Grande, descansó en las montañas y en los bosques, permitiendo entonces que el caballo pastase a su antojo, pero el estómago imponía más exigencias, que le obligaban a entrar en algún pueblo en busca de víveres. No le parecía justo utilizar parte del dinero que le habían confiado para su traslado a San Francisco, pero como no tenía más remedio, ya se justificaría de esta necesidad, no atrevimiento.

Se encontraba en una zona excesivamente montañosa, decidiendo ascender a cualquiera de aquellas cumbres en busca de un poblado, por pequeño que fuese. Llevaba tres días sin haber encontrado un ser viviente, caminando por valles y cañones en su afán de huir de los caminos transitados.

El caballo estaba respondiendo perfectamente; Iba pensando, sin descanso en Etty, la buena muchacha a la que tanto debía y por la que podía continuar su misión, truncada por aquellos traidores, a quienes buscaría a su regreso, ya que debían ser de Santa Fe o sus alrededores.

Desde lo alto de una de las montañas a que ascendió, no conseguía ver nada más que otra serie de montañas a un lado y a otro, pero, en cambio, descubrió allá al fondo la lengua amarillenta de un camino de diligencia que, indudablemente, habría de conducir a algún pueblo de más o menos importancia.

Descendió antes de que llegara otra nueva noche, y cuando estuvo en el camino contempló el paisaje reducido que le rodeaba. La carretera estaba metida como un cañón, entre altas y abruptas montañas, cubiertas en su mayor parte por bosques de enebros y pinos blancos.

Un poco a la izquierda, y más bajo que la carretera, rugía el río, no muy caudaloso ya, suponiendo Hal por ello que estaba cerca del nacimiento de río Grande y, por lo tanto, que aquellas montañas que le rodeaban eran las San Juan, cadena montañosa que debía seguir hacia el oeste para encontrar el río Dolores, que era de poca importancia, y que vertía en el Colorado, en territorio de los mormones ya.

La carretera que seguía el curso del río zigzagueaba constantemente entre los ciclópeos bloques de granito, pero, al fin, en uno de estos zigzags, se encontró con las primeras edificaciones de un pueblo, cuyo nombre figuraba en una amplia tabla sobre un fuerte poste de madera.

Greede era el nombre de este pueblo. Juzgó, en un rápido reconocimiento por las casas que veía, que habría de tener escasa importancia. Para él sería suficiente con que hubiera un solo sitio donde poder satisfacer su hambre y adquirir víveres para continuar el camino.

Observó que no había mucho hábito a ver forasteros, porque los pocos pequeños mirando que a esa hora cruzaban la calle, se le quedaban mirando con sorpresa.

La que podría llamarse calle principal, no tenía más que ocho o diez edificaciones y en una de ellas vio un largo letrero indicador de que allí podría encontrar todo lo que necesitaba.

Desmontó del caballo, sujetó éste a la barra que había a la puerta, donde ya estaban cuatro más, y entró decidido, extrañándole el sonido de un timbre que la puerta, al abrirse, hacía funcionar. Por esta causa, todos los reunidos ante el mostrador, se volvieron hacia la entrada y, al ver a Hal, dejaron sus vasos y le miraron curiosos.

Él se aproximó al viejo que servía y que también le contemplaba con curiosidad, diciendo:

—¿Tiene algo que comer?

—Siempre habrá alguna cosa por aquí.

Hal sonrió, al ver que, en efecto, sobre el mostrador había víveres en abundancia.

—Desearía comer algo cocinado.

—Mi mujer puede hacerle lo que desee, si es que tiene dinero para pagar.

Hal le miró con el ceño fruncido.

—Bien... No se ofenda, muchacho —medió uno de los curiosos—, es que Rudolf está un poco escarmentado de los buscadores que antes pasaban con frecuencia hacia el Arkansas.

—Sí, así es —insistió el viejo del mostrador—. Muchos comían y bebían todo lo que querían y después marchaban sin pagar, amenazándome con las armas.

Hal echó sobre el mostrador un puñado de billetes.

—Está bien, muchacho... Perdona la desconfianza y dime qué quieres comer.

—Unos huevos y un poco de jamón con una taza de

café fuerte es suficiente. ¡Ah! y un buen pienso para mi caballo.

—¿Viene de muy lejos? Parece bastante cansado y está lleno de polvo —preguntó uno de aquellos curiosos.

—Sí, así es; vengo de lejos y aún me queda mucho por caminar.

—No es frecuente ver pasar ahora a nadie por aquí. Para los que van hacia los yacimientos de Arkansas, son un freno las montañas de San Juan. Los del norte y del sur no tienen que cruzar por aquí.

—Parece pequeño este pueblo —dijo Hal, más amistoso.

—Y lo es. Sólo cinco ranchos en los alrededores y tres o cuatro granjas.

—Ha de criarse buen ganado por aquí.

—Nuestros pastizales no son altos, pero sí sabrosos; los terneros se crían en pocos meses más gordos que en todo el resto de Colorado.

Hal sonreía al ver el entusiasmo que ponía al hablar el vaquero que lo hacía.

Rudolf llamó a su esposa, encargándole la comida para Hal, al que la mujer miró con desconfianza por su alta talla y aspecto sucio.

Se oyeron pisadas de varios caballos y el ruido de muchas voces a la puerta de la calle, y en el acto empezó a tintinear el timbre de la entrada. Por él podía contarse el número de los que llegaban. Hal contó siete.

—Estos son del rancho Stracon —dijo al oído de Hal uno de aquellos vaqueros que estaban a su lado.

—¡Hola, Rudolf! He visto a la puerta un caballo extraño, supongo que será de ese muchacho tan crecido. ¿Es amigo tuyo?

—No, va de paso.

—¿De paso por aquí? ¡Es extraño!

Y el que hablaba se acercó a Hal, mirándole de arriba abajo, y dirigiéndose a Hal ahora, añadió:

—¿Es cierto eso?

Hal sacó del bolsillo de su camisa la bolsita de tabaco, preparó un cigarrillo con pausa y dijo a Rudolf:

—No tardará mucho su esposa en preparar lo que he pedido, ¿verdad?

—¿No has oído, muchacho? Te he preguntado si es cierto lo que Rudolf asegura.

Hal chupó del cigarrillo y, haciendo salir el humo lentamente, replicó:

—Yo no te pregunto a ti nada. Haz tú lo mismo.

—¿Habéis oído? No quiere responder a mis preguntas.

—¿Estoy obligado a ello? —dijo, completamente sereno y sonriendo, Hal.

—Déjale ya, Kill, no tiene por qué responder a esas preguntas. Aquí, todo el mundo puede ir y venir a su antojo —intervino otro de los vaqueros recién llegados—. Pon unos whiskys, Rudolf, incluyendo al forastero, si no lo rehúsa.

—Muchas gracias, pero ya estoy bebiendo —respondió Hal, extrañado de la invitación.

—No me agrada que...

—Está bien, Kill, dejemos eso. Este muchacho no tiene por qué decirte lo que hace. ¿Le has explicado lo que haces tú?

—No, pero lo sabéis todos. Soy el capataz del rancho Stracon. ¿Y él qué es?

—Soy un ciudadano de la Unión —declaró Hal, sin dejar de sonreír.

—También los pistoleros y los cuatreros son ciudadanos de la Unión.

—¡Kill! Este muchacho no te ha ofendido —volvió a decir el vaquero que interviniera antes.

—Ni yo lo consentiré. Ya conocéis a Kill. Y es una ofensa no responder a mis preguntas.

—Para mí lo es que se me pregunte con sospechas.

La sonrisa de Hal había desaparecido de su rostro y

su actitud hízose hostil en el acto.

—¡Cállate, Kill!

—Parece que le tenéis miedo porque le veis tan alto, pero yo le obligaré a que me diga quién es y adónde va. Por qué ha venido precisamente a este pueblo, donde no queremos extraños.

—No te excites, seguiré mi camino tan pronto como coma.

—Harás bien; pero no pensarás comer aquí. Rudolf no puede servirte nada o dejaremos de venir nosotros.

—No te he hecho nada y no quisiera que me obligaras a utilizar las armas, que, por lo que observo, son el único lenguaje que entiendes.

—Será mejor que te calles, Kill —dijo Rudolf—. Este muchacho no te molestaba.

—Se ha negado a responderme.

—Kill tiene razón —se adelantó otro de sus vaqueros—. Este muchacho amenaza con las armas y soy yo quien le va a dar una lección para siempre. ¡Estaos quietos todos! Deseaba una oportunidad para poder demostraros que soy el más rápido. No te pierdo de vista, forastero, y espero a que seas tú el primero que inicie el ataque, pero piensa que voy a matarte.

—No debéis pelear —gritó Rudolf.

—Yo no quisiera hacerlo...

—Si tienes miedo, lo confiesas y te marchas en el acto de aquí; de lo contrario, tendré que matarte.

Hal contemplaba al vaquero que le hablaba. No sería más viejo que él y su aspecto era decidido, por lo que sintió pesar de tener que matar a un joven que no le había ofendido.

—No me importaría confesar mi cobardía si me dejas comer. Lo necesito. Llevo tres días sin hacerlo.

La sorpresa de todos se reflejó en aquellos rostros, y el del vaquero que le retaba estaba pleno de satisfacción y orgullo.

—¡No, no! ¡Déjamelo a mí, Fred! —dijo Kill—. ¡Soy yo el ofendido!

—He dicho que no quería pelear, no me obliguéis a hacerlo. Te diré de dónde vengo y adónde voy, si es eso lo que deseas saber.

—Ahora ya no quiero saber nada. Ahora te mataré por amenazarme.

—Kill, si él no desea pelear no debes obligarle a ello.

—¡Es un rastrero cobarde! Dejadle, Kill —dijo Fred despectivamente.

Hal se puso muy pálido y necesitó de toda su fuerte voluntad para no matar a aquel joven locuaz.

—Creyó que iba a asustarnos por su estatura.

—Pues si no quiere pelear con nosotros, tendrá que marcharse de aquí ahora mismo.

Y Kill se aproximó a Hal para cogerle por un brazo, añadiendo:

—¡A la calle! ¡Fuera de este pueblo, antes de que me arrepienta!

—¡Cuidado! No me toques ni te acerques tanto. No podré rehuir la tentación de golpearte fuerte en el rostro —gruñó Hal, disgustado.

—He dicho que salgas a la calle y de este pueblo ahora mismo.

Con rapidez que no comprendieron los presentes, pegó con fuerza en el rostro de Kill, al tiempo que éste caía sin conocimiento al suelo. Aparecieron las armas en las manos de Hal, que dijo:

—¡Levantad los brazos y no me canséis más! No quería pelear contigo, muchacho, porque no me has hecho nada grave para morir tan joven. No os ha bastado que confesara una cobardía que no tengo. Habéis creído sinceramente en ella y tratabais de abusar. Voy a desarmaros, porque no puedo fiarme de quienes obran así. ¡Vosotros sí que sois cobardes!

—Dices todo eso porque nos has sorprendido. No

serás capaz de enfundar y repetirlo.

—Tendría que matarte y ya he dicho que eres muy joven para ello.

—No te irás sin que volvamos a vernos, o te buscaré hasta encontrarte.

—Veo que eres un poco rabioso. Tendré que rectificar. No te creo cobarde, pero no quiero matarte. Procura no volver a cruzarte en mi camino.

—Quítame las armas y déjame marchar. Me moriré de rabia si continúo aquí.

—Pues tendrás que esperar a que yo coma. No puedo dejar de hacerlo. Después, me alejaré y no podréis alcanzarme. Mi caballo es también superior a los vuestros.

—Hablas porque eres un ventajista. Si no tuvieras esas armas, te destrozaría con las manos.

Hal sonreía, viendo a Fred tan furioso.

—Escucha un consejo. Es necesario saber dominarse, sobre todo cuando estés frente a un hombre sereno. Serás víctima de tus nervios y juguete del que sepa contener los suyos. Ahora estoy más tranquilo —Hal le quitó las armas—. Si te dejara las armas, serías capaz de no meditar en las consecuencias y querer alcanzarlas, a pesar de todo. Acercaos a la pared todos y no os mováis hasta que yo os lo indique. Todo esto lo hago para evitar alguna víctima. ¿Me trae la comida? ¡Cuidado con intentar traicionarme!

—No te preocupes, muchacho. Opino que haces bien en tomar estas precauciones. No creas que son malos muchachos y estoy seguro de que cuando te marches reconocerán tus buenos sentimientos.

—¡Cállate, Rudolf...! He de cortarte las orejas por cobarde —gritó Fred.

Kill se movió en el suelo, volviendo en sí, y Hal se inclinó, quitándole las armas también.

—Eres un traidor —dijo Kill, poniéndose en pie—. Me

has golpeado por sorpresa.

—Te advertí que lo haría si te acercabas. Te equivocaste totalmente conmigo, como yo con vosotros. Tú eres un cobarde y el único que merece una dura lección. Procura estar quietecito junto a ésos en la pared.

—¡Me las has de pagar...! ¡Iré detrás de ti hasta que te alcance...! ¡Te mataré...!

—Te cansarás antes.

—Aquí tienes la comida.

Rudolf estaba al lado de él con el plato lleno de huevos y jamón frito.

Dejó las armas sobre la mesa en que se sentó y comió tranquilamente.

—No pusiste el pienso al caballo, ¿verdad? Déjalo, ya comerá en el campo. Necesito un trozo de tocino, un bote de tabaco y una cantimplora de whisky.

Rudolf preparó todo lo que Hal pidió.

—Pon bastante tocino y pan en abundancia. Colócalo todo dentro de una bolsa.

En pocos minutos terminó de devorar la comida, sintiendo con ello una gran satisfacción.

Recogió el paquete preparado por Rudolf, pagó el importe de todo y dijo:

—No os mováis hasta que venga a devolveros las armas. Dejaré la puerta abierta y os vigilaré desde fuera.

Ninguno se movió.

Hal estuvo junto a los caballos unos pocos minutos, regresando después. Echó las armas al suelo, diciendo:

—Bueno... Sentiría que salierais detrás de mí y me obligaseis a mataros.

Cuando oyeron el galopar del caballo, se volvieron con mucha rapidez, recogiendo las armas y atropellándose por salir. Se veía, al final de la calle, al jinete pegado al cuello del animal.

Varios índices oprimieron los gatillos de sus armas, pero éstas estaban sin munición.

—¡Maldito sea! —gruñó Fred.

—¡Le alcanzaremos! —exclamó Kill.

Rudolf oyó una sarta de juramentos. Entró Kill, diciendo:

—Ha cortado las bridas v los tirantes de los estribos.

—¡Pero le rastrearemos! —afirmó Fred con desagradable voz—. Danos nuevas bridas —pidió a Rudolf.

Este no se atrevió a negarse.

7

Fue Moab, ya en Utah, el próximo pueblo que visitó Hal dos días después, entrando en un almacén atendido por una señora de unos cincuenta años de edad.

Pidió de comer, pienso para su caballo y una buena cama para descansar.

La señora, muy amable, atendió en todo a Hal, proporcionándole una magnífica habitación, donde, después de comer, se dejó caer sobre la cama sin desvestirse.

Durmió toda la noche sin despertar una sola vez. Cuando lo hizo, fue porque el sol, que entraba por la ventana que dejó abierta, hería sus ojos.

Supuso que habrían transcurrido más de catorce horas desde que se dejó caer en el lecho, pero se encontraba más cansado que cuando llegó.

Sin embargo, cuando se levantó, comprobó que era una impresión falsa lo del cansancio. Sus músculos estaban menos agarrotados y las piernas le pesaban menos.

Se asomó a la ventana, admirando el hermoso paisaje que desde ella se contemplaba. Un poco lejos, pero casi en primer plano, estaba el río, caudaloso, que supuso era el Colorado y, al fondo, una extensa llanura, sin vegetación apenas. De vez en cuando salpicaban esta llanura minúscula, a distancia, construcciones que debían ser ranchos o granjas.

Se quitó la camisa y se lavó con fruición y total satisfacción en el agua fresca preparada de antemano en una amplia palangana de loza. Peinó su rebelde cabello con un trozo de peine que encontró allí y se dispuso a continuar su camino.

El caballo también había agradecido mucho este descanso.

Pero al asomarse de nuevo a la ventana, se fijó en un grupo de jinetes que se detenían a la puerta, conociendo en uno de ello al irascible Fred, que dejó indefenso en casa de Rudolf.

Era ésta una complicación en la que no se le ocurrió pensar. No creía que fueran tan obstinados como para perseguirle con esa constancia. Demostraban con ello ser unos buenos rastreadores y unos obstinados vengativos.

No quería matar sin motivos, pero tampoco estaba dispuesto a morir.

Ignoraba dónde estaban los corrales o cuadras de la casa para saltar por la ventana y, aprovechando que ellos estaban dentro, escapar de Moab, en evitación de una pelea que no deseaba.

A pesar de esta ignorancia, así lo hizo. Descendió por la ventana y buscó la cuadra que no era difícil encontrar, puesto que estaba junto a la puerta de la casa.

Preparó su caballo y lo sacó con cuidado, alejándose de allí y montando en él a unas cien yardas.

Lamentaba mucho, por la señora tan bondadosa, escapar sin satisfacer el pago de todo, pero no tenía más remedio.

Dentro, Kill pidió whisky, y cuando la señora hubo servido a todos, dijo Fred:

—¿No ha venido por aquí un muchacho muy alto que monta sobre un caballo muy negro?

La señora les miró por encima de las gafas y preguntó:

—¿Es amigo vuestro?

—¡No! —exclamó Kill.

—No le he visto por aquí...

—¡Estás mintiendo, maldita vieja de los demonios! —desabrido gruñó Fred—. ¿Por qué has preguntado entonces si era amigo nuestro?

—Por curiosidad.

—No es cierto. Le has visto por este pueblo y tal vez sepas dónde está —añadió Kill.

—Quizá en esta misma casa —comentó otro.

—No; no lo creo... De día debe caminar sin descanso. Supone que le seguimos.

—¡Hola, mistress Lissie! —entró diciendo un vaquero—. Qué, ¿aún no se levantó ese muchacho? Muy cansado debió llegar para no despertar en tantas horas.

—¿Lo veis? Ya decía yo. ¿Dónde está ese hombre?

Fred empuñaba sus armas, amenazando a la vieja.

—Está arriba, durmiendo —respondió, asustada de la actitud de los forasteros.

—Tú no te muevas de ahí —añadió Kill, amenazando al vaquero.

Este miraba, consternado, a Lissie, por su imprudencia al hablar.

Ella sonrió bastante entristecida. Después de todo, no tenía él la culpa.

Cuatro vaqueros corrieron por la escalera, al frente de los cuales iba Fred, con las armas fuertemente empuñadas.

Después, sin la menor consideración, abrían todas las habitaciones que encontraban a su paso.

Como no hallaron a Hal y vieron la ventana abierta en el cuarto, con el agua sucia del lavabo, supusieron lo sucedido, pero creyendo que no tendría dinero para pagar, imaginaron que debió marchar por la noche, temprano. No concebían que se hubiera alejado estando ellos dentro de la casa.

Esto les desesperó, ya que ahora no sería tan sencillo rastrear las huellas como cuando salió de casa de Rudolf. Allí no podía seguir otro camino que el único que existía entre las montañas.

Se reunieron todos otra vez donde estaba mistress Lissie, comentando la marcha de Hal.

La pobre vieja, aunque ello suponía la pérdida de un dinero con el que contaba, se alegró profundamente de que hubiera podido burlar a aquellos hombres que no le agradaban.

En pocos minutos estuvieron todos sobre los caballos, preguntando a cuantos encontraban si habían visto a un jinete de gran talla sobre un caballo negro.

Pronto les indicaron que hacía pocos minutos le vieron caminando hacia el vado del río.

—¡No...! ¡No se nos escapará! —gritó Kill—. Sólo nos lleva unas pocas yardas.

Espolearon a los animales y, cuando estuvieron al otro lado del río, les obligaron a galopar.

En la inmensa llanura se percibía con claridad a Hal, que galopaba también, pero tuvieron que recordar sus palabras cuando aseguró que su caballo era superior a los de ellos.

Cuando Hal se dio cuenta de que era perseguido les convenció de que no era una bravuconada lo de la superioridad de su montura. Hasta demostró que era así, en efecto, aumentando por momentos la distancia que le separaba de sus perseguidores, llevándoles la ventaja además de que su caballo estaba descansado, mientras los de ellos habían caminado muchas horas, aunque no al galope.

Cada vez que Hal volvía la cabeza y veía más distantes a sus perseguidores sonreía satisfecho, pensando en que no pagaría nunca lo mucho que debía a Etty, gracias a la cual podía seguir cumpliendo con su misión, que tenía para él mucha más importancia de lo que podrían imaginar quienes no conocieran todas las circunstancias especiales de tal viaje.

Kill y Fred, al comprobar que no era tan fácil como ellos suponían el alcanzar a Hal, castigaban con crueldad a sus caballos, pero éstos ya no podían dar más de sí y protestaban del injusto castigo con relinchos angustiosos.

—Debemos seguirle sin descanso, pero no agotando a los caballos —dijo al fin Kill.

—Creo que no le alcanzaremos nunca. Es un muchacho muy hábil en todos los terrenos —comentó un vaquero.

—Pues llegaremos hasta San Francisco, si es preciso.

—Ya sabéis lo que dijo el patrón... —añadió Fred—. No debemos volver al rancho si no es para entregarle la camisa agujereada de ese muchacho.

Hal, por su parte, convencido de que estaban dispuestos a continuar, sin preocuparles el tiempo y la distancia, decidió deshacerse de ellos esa misma noche.

No quería seguir viajando con la obsesión de esta amenaza. Les tendería una trampa, aprovechando las sombras de la noche y algún lugar al efecto que sin duda encontraría. Para la mucha distancia que le restaba recorrer, no podía someter al caballo a un esfuerzo agotador tan sostenido. Deseaba devolvérselo a Etty y no tenerle que comunicar que lo había reventado por huir como un cobarde de un grupo de vaqueros.

El trató de evitar las víctimas, pero ante esta loca obstinación, prefería ser él quien matase.

Vadeó el río Green y se lanzó a mayor galope en la zona desértica, para sacar más delantera y permitir un descanso a su caballo.

Bill y Fred, al observar esta prisa de Hal, creyendo que trataba de alejarse definitivamente, obligaron a los animales a sostener el galope, sin conseguir aminorar la distancia, que cada vez era superior.

—Ese caballo vuela, no corre —comentó Fred, furioso.

—Es una pena que no hayamos podido sorprenderle cuando dormía —dijo Kill.

—¡Le alcanzaremos!

Hal veía cada vez con más dificultad a los perseguidores, que se rezagaban constantemente, pero no por ello detuvo la marcha del caballo, que no tenía en su cuerpo ni una sola gota de sudor.

Cuando Hal estuvo convencido de que no bajaría de seis millas la distancia conseguida, obligó al animal a caminar con mayor lentitud y a explorar el horizonte, en el que empozaba a adivinar algunas montañas, aunque muy lejanas aún.

Sonreía pensando que esta persecución, de continuar así en los días sucesivos, le obligaría a llegar a San Francisco mucho antes de lo que había calculado.

No se detuvo durante todo el día.

Cuando empezaba a declinar la luz del sol, aún tenía lejos las montañas que veía ante él; pero, fijándose bien, se dio cuenta de que había otras montañas mucho más bajas, a pocas millas de donde él se encontraba.

Sería más que suficiente para poder dejar el caballo escondido y esperarles, parapetado en el suelo, para abrir fuego con sus armas, tan pronto como estuvieran a la distancia precisa.

Y así lo hizo, cuando ya estaba sin luz y sólo con el leve resplandor del sol oculto se orientaba. Escondió el caballo en una especie de hondonada y él se dejó caer al suelo con las armas empuñadas, en espera de la llegada de aquellos tozudos vaqueros.

Era mucha la delantera conseguida, y mientras se acercaban se tendió boca arriba, pensando en todo lo sucedido últimamente, y en especial en Etty, que sin duda se acordaría de él.

El caballo pastó unos minutos y, al fin, se tumbó también, agradeciendo la humedad tibia de que el corto pasto empezaba a teñirse.

Hal sentía sed, mucha sed, pero no quería beber whisky, pues conocía, por experiencia, que no atenúa esta necesidad sino que, por el contrario, la incrementa intensamente.

Una hora después, con el oído pegado a tierra, calculó que los jinetes estaban bastante cerca.

En efecto, éstos se acercaban, pero Kill, al ver aquellos montículos con humos de montaña, comentó:

—Si fuera yo el perseguido, aprovecharía ese terreno para esperar con las armas dispuestas a vomitar plomo.

—Tal vez él haya hecho lo mismo —dijo Fred.

—Por si acaso, será mejor que nos abramos y no caminemos muy juntos. Dos de nosotros debemos rodear, aunque se pierdan unas millas, esas pequeñas montañas.

Esto era una contrariedad, en la que Hal no había pensado.

Levantó un poco la cabeza desde su escondite, superior en el plano al de ellos, y les vio venir muy abiertos, yendo los de los extremos a rodear la meseta en que estaba.

Al principio creyó que todos rodearían el obstáculo, pero pronto se convenció de que no eran nada más que dos quienes hacían esto. Los otros, separados y caminando despacio, continuaban entre las cortas montañas.

Estaban ya tan cerca que no había la menor posibilidad de rectificación, pues las armas de ellos, disparando por la espalda, podrían hacer blanco con facilidad.

Lamentaba no disponer de un rifle, con el cual habría terminado con todos de resultar peligrosos.

Tenía ante él, a pocas yardas de distancia, cinco jinetes, y dos, a los que ya no veía, rodeándole. Debía actuar con rapidez, si no quería verse atacado por la espalda.

Comprendió, ya tarde, que había juzgado mal la mentalidad del enemigo. Como no podía cambiar de sitio, escogió fríamente las víctimas. Era imposible reconocer a los individuos para elegir a Fred o a Kill. Por eso hizo la elección al azar y disparó con rapidez. De la seguridad de su pulso hablaban suficientemente, los caballos, que, sin jinetes, pastaban como si nada hubiera ocurrido.

El ataque fue completamente eficaz. Ahora faltaba atender a los otros dos.

—¡Kill...! ¡Fred...! ¿Disparasteis vosotros...? —oyó que decía una voz detrás de la montaña.

Volvieron a repetir la pregunta varias veces con mayor energía.

Hal corrió hacia la parte más alta para vigilar mejor la otra ladera, y vio a dos jinetes que galopaban en la misma dirección que habían traído.

El silencio a sus preguntas les hizo huir rápidamente y aterrados.

Hal, aunque no contento por las muertes que se vio obligado a hacer, respiró satisfecho. Era una pesadilla que desaparecía.

Para obligar a que la huida fuese más efectiva y definitiva, saltó sobre su caballo y lo obligó a galopar siempre, detrás de ellos, disparando de vez en cuando sus armas.

Así no les quedaría duda de que habían sido eliminados todos sus compañeros.

Dos millas después hizo dar vuelta a su montura, seguro de que aquellos dos no le seguirían más. Solo pensaban en alejarse de allí.

No se preocupó de los cadáveres y continuó su camino.

Los vaqueros que huían encontraron a unos jinetes que iban en la dirección de Hal y les refirieron todo lo sucedido, pero a su modo, sin decir que eran ellos los que perseguían al jinete.

Como se extrañaron de que un solo hombre pudiera hacer aquello, dijo uno de los vaqueros:

—Es que se trata de Pinckeston, el pistolero. Nos viene siguiendo desde Greede.

—¡El célebre pistolero! Decían que había pasado a México.

—Hay una buena prima por su cabeza —comentó otro de los jinetes.

—¡Si pudiéramos darle alcance!

—Podemos cogerle en Emery. Seguramente, se detendrá a descansar, creyéndose seguro.

De este modo, la tranquilidad de Hal no iba a durar mucho.

8

Se detuvo Hal en Emery, pero nada más lo suficiente para comer, dar un pienso a su caballo y continuar el camino.

Emery, aislado de una zona de pastos desiertos, era como un oasis en realidad. Estaba el pueblo recostado en el río, que permitía una ancha franja de granjas y algunos ranchos, que llegaban hasta Ferron, un poco más al norte, a unas veinte millas de distancia.

Los mormones veían con desagrado a todo forastero, razón esta por la que Hal se encontró rodeado de miradas poco leales cuando entró en la taberna de la plaza a solicitar comida.

Y esta hostilidad latente fue la que le salvó de verse en un serio peligro con la llegada de los jinetes que habían visto los cadáveres, a quienes enterraron, y de los que recogieron cuanto llevaban.

Hal, inmediatamente después de comer, se marchó hacia Ferron, camino que le indicaron era el más recto para llegar a la ciudad del Lago Salado.

Pero después, cuando los jinetes, que eran de Emery, preguntaron por él, y al referir lo sucedido, se formó un pequeño ejército de vaqueros, que querían ser partícipes del premio ofrecido por la muerte del pistolero.

Conocedores de que iba hacía Ferron, fueron varios los que se adelantaron, con ánimo de ser ellos quienes percibieran la ansiada recompensa. Los demás solamente recibirían una parte insignificante por facilitar su pista.

En Ferron desmontó Hal junto a la iglesia mormona, de arquitectura curiosa, y contempló las montañas que había a la izquierda. Pensó que tal vez marchando en dirección a ellas ganara tiempo y distancia, que perdería yendo hasta la ciudad del Lago Salado.

Sabía que Carson City estaba frente a él, detrás de aquellas montañas y de los extensos desiertos de Utah y Nevada.

Habíase sentado junto al atrio de la iglesia. El caballo, al lado suyo.

Vio pasar, poco después de llegar él, a un jinete al galope, al que no concedió importancia, y minutos más tarde a otros dos, con igual rapidez. Pero oyó decir a uno de ellos:

—Aún debe estar aquí ese Pinckeston, porque no tuvo tiempo de marchar.

No comprendió por qué hablaban allí de Pinckeston, pero se dio cuenta de que debían referirse a él, pues la dirección que traían los jinetes era de Emery, como él había venido.

En el acto supuso que los dos que escaparon debieron seguir detrás de él y decir que se trataba del célebre pistolero.

Después de matar a Kill y Fred marchó despacio, sin preocuparse de si era seguido. Una torpeza que le colocaba en otra situación difícil y que le animó a tomar el camino que antes no acababa de decidirse a elegir.

Pero sería visto y perseguido. Ya no confiaba en el caballo, si otros de refresco tenían la misión de acosarle.

No podía demostrar que él no era aquel pistolero famoso, pues era tonto asegurar que era el Pony Express, sin tener la bolsa de cuero característica y el correaje especial en el caballo.

No le quedaba otro remedio que defender una vez más su vida, demostrando a cada muerte que hiciera, lo contrario de lo que era.

Pinckeston, con aquel hecho de El Paso, se había caracterizado como un hombre rápido, seguro y cruel. No hacía muchas horas que él mató a otros cinco en un espacio limitado y en fracción de segundos solamente.

Sabía que nadie creería en él. Tenía que huir y matar, si le perseguían, para no resultar muerto.

Había prometido a Etty volver y cada vez le parecía más difícil cumplir su promesa.

Pensando en lo que más le convenía, pasaban los minutos, decidiendo al fin lo más absurdo.

Iría al encuentro de esos jinetes y aceptaría la pelea. Si tenía éxito, el temor ahuyentaría a los perseguidores. Con el caballo tan cansado como él, si permitía que le persiguieran con rifles, le matarían sin remedio.

Cogió al animal por la brida y marchó hacia donde vio varios caballos en la barra, suponiendo que se trataba de un local de bebidas.

Lo dejó sin atar y empujó la puerta con el pie, avanzando hacia el interior con las manos apoyadas en el cinturón. Se alegraba de haber repuesto los tambores de sus armas. Con el sombrero echado hacia atrás, contempló a los reunidos y vio a varias personas pendientes de él.

Se dijo que no podría perder tiempo.

—Soy el Pony Express de San Francisco. Muchachos, no os asustéis, no me como a nadie.

—El Pony Express fue asesinado —replicó una voz.

—¿Quién ha dicho eso? —preguntó Hal—. Repito que soy yo. Lo de mi asesinato ya se aclaró en Nuevo México; sólo me hirieron en este hombro y por la espalda.

—¡Eres Pinckeston! —exclamó con audacia el que antes hablara.

—¡Eso es decir que miento! Y resulta grave en el Oeste esa afirmación. ¿Hay alguno que piense como ése?

—¡Todos! Te veníamos buscando desde Emery. Mataste anoche a cinco vaqueros de Greede.

—Ellos querían matarme a mí, y lo mismo pensáis vosotros, pero...

Vio el movimiento de aquella mano y, ciego, sin pensar en que tal vez caerían inocentes, sus armas trepidaron, y cuando salía del local había cuatro cadáveres ante el mostrador, unos sobre otros.

La ambición les condujo a la muerte.

Saltó sobre su caballo y se lanzó al galope. Volvió la cabeza y se convenció de que lo que trató de evitar con esas muertes, no lo había conseguido.

Golpeó con los pies sin espuelas en los ijares del caballo y éste, como si comprendiera el inmenso peligro de Hal, galopó como no lo había hecho hasta entonces.

Las balas de los rifles cantaban la tétrica canción a pocos centímetros de las cabezas de jinete y caballo.

El terreno se prestaba para la magnífica exhibición que estaba dando Hal como jinete, y que a pesar del odio que le tenían los perseguidores no dejaban de admirarle, porque después de todo eran vaqueros por temperamento.

Eran muchos para pensar en una defensa acertada en caso de lucha. No tenía más solución que confiar en las condiciones excepcionales del caballo.

Etty había afirmado que era el mejor de Nuevo México. Ahora demostraba que en Utah no tenía rival tampoco.

¡Si pudiera verlo ella...!

El animal, multiplicándose y sacando fuerzas de donde no era posible las hubiera, cada vez volaba más sobre la llanura. Los perseguidores se quedaban rezagados.

Hal estaba admirado de aquel animal, pero le asustó observar aquel sudor que descendía por el cuello y cuartos delanteros.

Trataba de animar al caballo con frases de aliento y frotaba con suavidad en el cuello.

Veía venir hacia él con rapidez aquellas montañas y cuando volvió de nuevo la cabeza, el grupo de perseguidores, convencidos de la inutilidad de sus esfuerzos, se retiró hacia Ferron.

La exhibición del caballo les desanimó para la persecución. Por fortuna para él, no eran tan obstinados como Fred y Kill.

Convencido de que abandonaban la persecución, Hal detuvo el caballo y, desmontando, le friccionó fuertemente para evitar una pulmonía al animal, haciéndole caminar despacio, y él a su lado, sin dejar de friccionar, hasta que el sudor hubo desaparecido del todo.

Cuando esto sucedió, le abrazó y le besó entusiasmado en el cuello.

* * *

Varios días más tarde llegaba a Carson City, ciudad tan revuelta entonces como lo estaban Sacramento y San Francisco años antes.

Había más saloons que casas, pues en muchas eran dos o tres los que había.

Hal no había vuelto a tener otro tropiezo ni una nueva dificultad.

Deseaba divertirse, resarciéndose de los muchos disgustos y sacrificios del camino, y buscó para ello lugar a propósito.

La música de las orquestas, de los pianos y de los pianos tragaperras, se confundían en un barullo tal, que no había posibilidad de entenderse en la calle.

Eligió un saloon cualquiera, y ya iba a entrar, cuando se vio arrollado por tres hombres que disparaban sus armas hacia dentro al tiempo que saltaban sobre los caballos.

Uno de ellos, alcanzado por los disparos del interior, cayó junto a él, muerto. Los otros dos galoparon desesperadamente por la calle casi única, que era en esa época del año un río de polvo.

Una extraña nube de éste cubría la retirada a los que huían.

Hal se quedó junto a la puerta, pensativo. Tal vez fuera un peligro entrar en ese momento.

—¿Qué ha sido eso, muchacho? —oyó que le preguntaba alguien.

Miró y vio a una joven, bastante agraciada y lleno su rostro de pinturas y cremas.

—Yo no lo sé... Iba a entrar cuando éstos, al salir disparando, me hicieron caer. A éste lo han matado.

Se acercó la joven y exclamó:

—¡Ah! ¡Es Alvin! Siempre he dicho que terminaría mal. Se dedicaba a «salar» las minas y a engañar a la gente. Los otros supongo que serían Jamey Gordon y Carter. No tardarán en volver con refuerzos... ¿Pasamos a ver quién ha sido el matador?

Y la joven cogió a Hal por un brazo, añadiendo:

—Eres tan alto, que debo ser insignificante al lado

tuyo. Me pagarás un whisky, ¿verdad? Hace más de dos horas que no pruebo una gota de alcohol. ¿Eres minero?

—No. Voy de paso.

—¿Quieres decir que no perteneces al tropel?

—Voy a San Francisco.

—¡Quién pudiera volver allí! Es la ciudad más hermosa del mundo, ¿verdad?

—A mí me encanta, pero si conocieras Nueva York, no hablarías así.

—¡Bah! ¡El Este no puede compararse con todo esto!... Entra, entra...

La joven empujó a Hal.

Varias manos fueron a las armas al verle aparecer, dejándolas caer a los costados del cuerpo al mirarle bien.

—¡Hola, Cissy! ¿De dónde has sacado a ese gigante? —preguntó otra mujer, tan pintada como la que fue llamada Cissy.

—Le encontré en la puerta. Estaba asustado por el tiroteo. ¿Quién «arregló» a Alvin?

—¿Murió?

—Sí. Ahí lo tenéis, junto a la entrada.

—Fueron Hob y sus hombres; pelearon con ellos por asuntos del juego.

—Hob es un tramposo.

—¡Calla! Pudiera oírte.

—Se lo he dicho a él muchas veces.

—Pero no le agrada. Carter mató a William.

—Y volverá de nuevo.

—Sí, y eso es lo que teme Hob. Pero le esperan bien preparados. ¿No bebéis nada?

—Sí; dame un doble, éste paga.

Hal la miró sonriendo y se encogió de hombros.

—A cambio de ese whisky, bailaré contigo sin ticket —dijo la otra joven.

—¡Eh! Poco a poco —protestó Cissy—. Bailará conmigo. También me agrada a mí.

—Como quieras. No reñiremos por ello.

Cissy empezó a bailar con Hal, diciéndole:

—¿No te gusta el juego?

—Poco.

—No comprendo cómo puede haber a quien no le guste el juego.

—Yo soy uno de ellos.

—Pero hoy vas a intentar unas manos. Estoy segura de que yo te daré suerte.

—¡No! ¡No jugaré!... Te lo advierto noblemente, pierdes el tiempo conmigo. No sacarás más que ese whisky que ya está pedido. ¡Deja esa mano quieta!

—¡Hum...! Llevas muchas cosas dentro de la camisa. ¿Es dinero todo?

—No, no llevo dinero. Sólo algunos dólares.

—No me engañas.

—Está bien. Piensa lo que quieras. Estoy cansado. No bailo más.

—¡Cómo! ¿Es que vas a dejarme plantada para que se ría Dory de mí?

—Está bien, pero procura no robarme, porque tendrás un disgusto. No soy un novato como has imaginado.

—Eres del Este...

—Pero no novato.

Cesó la orquesta y Cissy marchó junto a un grupo de jugadores que estaban presenciando una partida de póquer.

—¡Hola, Cissy! ¿Qué dice el novato?

—Creo que es interesante..., debéis provocarle. En la camisa lleva muchos billetes.

—¿Es de por aquí?

—Es la primera vez que le veo, pero no se deja sorprender. Parece listo.

—No te preocupes. Yo me encargaré de él.

—No, tú no. Sospechará la verdad tan pronto como te vea cerca. Díselo a Hob.

Hal observaba a Cissy y estaba seguro de que hablaban de él. De buena gana se habría marchado sin beber el whisky que Dory le servía.

—¿Hace mucho que tenéis a Cissy con vosotros?

—Sí, lleva varios meses. Está emperrada con Hob, aunque éste no le hace caso.

—¿Es aquel que habla con ella?

—No. Hob es el dueño del local.

—¿Qué hacía ahí afuera?

—¿No lo sabes?... Yo creí que conocías Carson City.

—Es la primera vez que vengo.

—Pregúntaselo a ella, ahí viene.

Y Dory se retiró de la mesa.

—¿Qué te decía Dory?

—Nada. Era yo quien hacía algunas preguntas.

—¿Pudo responderte ella?

—Sí.

—Si quieres yo puedo ayudarte. ¿Buscas a alguien?

—¡Hob! ¡Hob!

—Vaya, ya tenemos jaleo. Este sheriff es pesadísimo —dijo Cissy poniéndose en pie.

Hal se fijó en la persona que acudía a las llamadas del representante de la ley.

Se trataba de un joven elegantemente vestido con chaqué y un chaleco bordado. Bajo el chaqué se apreciaba que llevaba dos armas. Su aspecto era agradable y hasta distinguido.

—¡Hola, sheriff! ¿Qué desea?

—¿Quién mató a Alvin?

—No lo sé, sheriff, pelearon entre ellos. Creo que fue Carter.

—Carter era muy amigo de Alvin. Me han dicho que huyó de aquí con Jamey Gordon, perseguidos por unos disparos.

—Pues no puedo decirle nada...

—¡Sheriff! —exclamó Hal—. Yo he oído que había

sido un tal Hob, por asunto de juego.

—Tú no estabas aquí, muchacho. No puedes saberlo —replicó Hob, mirándole de modo especial.

—Es cierto, pero Dory se lo dijo a Cissy cuando entramos.

—Estás mintiendo para comprometer a Hob. Yo no he oído nada —gritó Cissy.

—Gracias, muchacho. Te he avisado muchas veces, Hob, que te cerraría este saloon. Mañana no abrirás. Y tú márchate de aquí. Ven conmigo. Eres nuevo, ¿verdad?

—Sí —respondió Hal—, es la primera vez que visito esta ciudad.

—Acompáñame. Hablaremos por el camino.

—Prefiero quedarme, sheriff.

—Allá tú. Hob, ¡cuidado con este muchacho! Creo que volverá Carter; si os matáis los dos, no perdería Carson City nada.

Hob no dijo nada, concretándose a reír hipócritamente.

Cuando salió el sheriff, dijo Hob a Hal:

—Creo que habría sido mejor para ti marchar con el sheriff.

—He entrado a divertirme un poco.

—Este no es un lugar apropiado para niños.

—No lo olvidaré.

—Y no creas que yo voy a responder de ti porque hayas oído decir eso al sheriff.

—No te preocupes. Sé guardarme yo.

—Yo a ti te conozco —dijo uno a su lado.

Le miró Hal y reconoció en él al que había hablado con Cissy.

—Yo a ti no.

—Creo que nos hemos visto en San Francisco.

—No estuve jamás allí.

—A mí me has dicho que estuviste —medió Cissy.

—Y a éste le digo que no.

—Pareces un poco fanfarrón, muchacho... —intervino Hob a continuación.

—¿Bailamos? Me prometiste este baile —dijo Dory.

Y sin esperar la respuesta de Hal, se cogió a él.

—No intervengas cuando yo hable con alguien. ¡No te alejes de mí! —gritó Hob, cogiendo a Dory por un brazo.

—He dicho a esta muchacha que bailaría con ella y bailaré —declaró Hal—. Déjala.

—No olvides que ésta es mi casa.

—No olvides tú que aquí dejamos los dólares para bailar cuando queremos, ¿verdad, muchachos?

—Tiene razón —exclamaron varios.

Hal cogió a Dory y se puso a bailar con ella, sin dar la espalda ni a Hob ni al otro que intervino.

—Muchas gracias, muchacha. No había comprendido tu intención.

—Debes marcharte. No conoces a Hob.

—Ni él me conoce a mí.

—Aquí tiene muchos hombres que esperan una señal suya. Si no le hubiera advertido el sheriff, ya estarías muerto.

—No lo consideres tan fácil.

—Tú no conoces a tus enemigos.

—Dime quiénes son los más peligrosos.

—Es Hob.

—¿Por qué me ayudas?

—Porque estoy harta de ver asesinar a todo el que lleva encima dinero. No te fíes de Cissy.

—Es ella la que avisó a ese otro. Antes la vi hablando con él.

—Lo imaginé.

—¿Estás celosa de Cissy?

—No. Odio a Hob... Mató a un minero que se enamoró de mí. No tengo valor para matarle yo, pero cuando le vea morir me alegraré. No debiste decírselo al sheriff. No se atreve a hacer nada contra Hob. Tiene miedo y éste lo sabe. ¡Cuidado, que viene Jack y es otro de los hombres de confianza de Hob!

—¡Dory! —dijo el llamado Jack—. Me habías prometido este baile. Deja a este grandullón.

Cogió a Dory con un brazo, como hizo Hob. La joven le miró, suplicándole paciencia.

Pero Hal apresó aquella mano y la retorció cruelmente, arrancando alaridos de dolor, que hicieron correr hacia los lados a los bailarines, quedando solos en el centro del saloon los tres.

—Nada de eso... He dicho que baila conmigo. Después puedes hacerlo tú, si quieres.

El dolor de Jack era tan intenso, que provocó un acceso de ira.

—¡Dory...! —gritó, encogiéndose sobre sí mismo—. Sepárate ahora mismo de él.

La joven quiso proteger a Hal con su cuerpo, de un ataque que esperaba.

—Hazle caso —dijo Hal—. Voy a demostrar a todos que es un cobarde.

La sonrisa de Hal engañó a Jack.

—¿Cobarde yo? Quítate, Dory.

Los ojos de Hal vigilaban a Jack, pero sin perder de vista a Hob y al otro, que se habían colocado en primera fila, como dispuestos a presenciar la pelea.

—¡Cuidado con las torpezas! ¡Esa mano derecha no te va a responder!

Eso mismo pensaba Jack, que quería ganar tiempo hasta que le pasara el dolor.

—Conste que no es asunto mío. Todos sois testigos de ello, para decirlo al sheriff —se disculpó Hob.

Este era el momento elegido por los dos que tenían la misión de disparar sobre Hal, pero éste admiró a todos utilizando las armas antes que ellos y encañonando a Hob, que no salía de su asombro.

—¡Eres un cobarde traidor! ¡Te han salido mal

los cálculos! Esperaba esta traición. No te atreves a enfrentarte conmigo...

—No hablarías así, de no existir la advertencia del sheriff.

—Te voy a matar, Hob, porque eres un asesino vulgar y un cobarde. Dory, voy a vengar a ese minero que te amaba. Y a ti voy a permitirte lo que no hiciste nunca con tus víctimas. Vas a defenderte. ¡Pronto!

Hal, ante la sorpresa de todos, enfundó otra vez.

Hob, con la rapidez que le era habitual, no esperó a más, pero también llegó tarde.

El grito de aviso de Dory se confundió con el disparo de Hal, que destrozó el rostro de Hob, produciéndole la muerte inmediata.

Dory se abrazó emocionada a él.

—Debes marchar en seguida —le decía.

—¿Por qué?

—Hob tiene un hermano en Carson City y, además, varios amigos. No te perdonarán esto que has hecho.

—No te preocupes; salgo de aquí esta misma noche.

9

Cissy estaba abrazada al cadáver de Hob, llorando desconsoladamente.

Dory la vio coger una de las armas caídas junto al cadáver y gritó para avisar a Hal, que en ese momento iba a salir del local, seguido por la admiración de quienes habían presenciado aquel hecho tan extraordinario para ellos. Un muchacho que se presentó como un novato y que resultó el pistolero más peligroso de cuantos hubo en la ciudad. Cissy, ofendida por el grito de Dory, disparó primero contra ésta, razón a la que debía Hal la vida. En cambio, Dory murió en el acto, demostrando Cissy que no era una casualidad. Sabía lo que eran las armas y Hal, dolido de la desgracia de la joven que trató de ayudarle, disparó a matar contra Cissy, alcanzándola el disparo en el rostro también, como a su amante, junto al que cayó para siempre.

No estaba satisfecho Hal de lo que acababa de hacer, pues era la primera vez en su vida que no supo contenerse.

Resultaba un hecho peligroso entre vaqueros el disparar contra una mujer, aunque ésta fuese como Cissy.

Salió del saloon y se encontró con la desagradable sorpresa de que le faltaba su caballo.

Volvió a mirar con detenimiento, convenciéndose al fin de que no estaba.

No podía y no debía marchar sin él. Etty lo había confiado a su cuidado.

Decidió buscarle por los otros saloons. Era posible que alguien se lo hubiera llevado equivocadamente.

Miró en tres bares distintos, sin hallar la menor huella, lo que hizo que su disgusto fuera en aumento. Había tantos lugares de diversión, que no terminaría en toda la noche de mirar si estaba en la barra de alguno de ellos el caballo.

Estaba decidido a llevarse el que más le agradara, cuando encontró al fin lo que buscaba. Lo tenía de la brida un vaquero, enseñándoselo a otros, que admiraban el ejemplar, iluminados por las luces del saloon más próximo.

—¿Pero, quién ha cogido este caballo? —preguntó Hal, metiéndose entre los que contemplaban al animal.

—¿Qué buscas aquí...? —dijo el que lo sostenía de la brida.

—Este caballo, que me ha sido robado hace una hora.

—No digas tonterías. Este caballo no es tuyo.

Las armas de Hal aparecieron en sus manos con tanta rapidez, que ante el razonamiento, los otros levantaron los brazos.

—¿Quién lo robó? —dijo Hal.

—Es el caballo del sheriff, me lo dejó para que lo cuidara. Él está ahí dentro.

—Pasad delante de mí y no me obliguéis a que haga con vosotros lo que acabo de hacer con Hob.

Se miraron unos a otros con miedo. Acababan de oír que un terrible pistolero había matado a varias personas en casa de Hob y entre ellas al dueño de la casa y a su amante.

Entraron con las manos en alto en el local y esto, como es lógico, llamó la atención de los que había dentro, especialmente del sheriff.

—¿Qué hacéis aquí así?

Se interrumpió al ver las armas en manos de Hal.

—¡Sheriff...! No creí que se dedicara a robar caballos de la puerta de los saloons. El que dejó usted para que éste lo cuidase ahí fuera, lo ha quitado de la puerta de Hob. Allí estaba yo cuando usted salió. Me recuerda, ¿verdad?

—Cogí... equivocado ese caballo... Creí que era el mío... Pensaba llevarlo otra vez allí.

—Está mintiendo, sheriff... Y no sé cómo me contengo.

—Mide tus palabras, muchacho.

—A mí no me engaña como hace con los ingenuos que creen en usted y en su severidad. Está de acuerdo con los dueños de estos bares, en que se roba a los mineros.

—¡Vaya, vaya...! Ya era hora de que oyera hablar a alguien así... Es lo mismo que estoy sosteniendo siempre, sin que me hagan caso —dijo un hombre viejo, que se adelantó hasta cerca de Hal—. Te felicito... Estrecha esta mano, muchacho.

Muy cerca estuvo de caer en la trampa.

El viejo minero, en vez de estrechar su mano, quería golpearle para hacerle caer las armas mientras el de la placa iba a sus «Colt» con más rapidez y hábito de lo que aparentaba.

No podía meditar. La vida, en juego, hizo que el instinto de conservación oprimiera los gatillos y cayeran los dos traidores.

—Yo no sabía nada. No me mates —suplicaba el que estaba al cuidado del caballo—. Me dijo que se lo habían regalado en casa de Hob.

—Sí, tal vez esperaba que Hob y sus hombres me matasen. Se adelantó a llevarse el caballo, que supuso sería uno. Los otros debía conocerlos de verlos con frecuencia.

—¡El hermano de Hob! —exclamó alguien que estaba muy cerca de Hal.

—¡Apartaos todos! —gritaron desde la puerta—, ¿Dónde está ese que mató a mi hermano?

Hal, que había enfundado al decir lo anterior, se vio frente a un hombre que avanzaba por el hueco que dejaron los asistentes y que iba encorvado sobre sí, con los ojos fijos en él.

—Eres tú, ¿verdad?

—Sí, yo maté a unos traidores. No sé si alguno de ellos era hermano tuyo.

—Hob no era lento. Sólo has podido matarle a traición. ¡Cómo! ¡Has matado al sheriff!

El rostro del recién llegado palideció visiblemente.

—Era otro traidor. Creyó posible sorprenderme.

—No creas que yo me dejaré sorprender por ti...

—Di a esos que vienen contigo que no cometan una torpeza. Es tu vida la que está en juego. No podrás llegar a ninguna de tus armas.

—Es inútil que hables para distraernos. No lo conseguirás. No te he visto nunca por aquí; no conozco tu nombre, pero el mío no lo olvidarás en los pocos minutos que vivas, porque...

Ocho manos, unas con más retraso que otras, fueron como rayos a las armas.

Sólo dos de ellas dispararon tres veces. Una por cada

víctima.

En los ojos del hermano de Hob, sin cerrar, quedó grabada la sorpresa de los últimos segundos de vida.

Ninguno de los muertos eran personas estimadas.

La única sensación experimentada por los testigos era la de admiración por la rapidez y seguridad de Hal.

De todos modos, Hal no enfundó las armas hasta no estar en la calle. Montó sobre su caballo y marchó de allí, dispuesto a no permanecer una hora más en aquel pueblo, donde pensó distraerse y sólo había conseguido hacer unas cuantas muertes y causar la de aquella muchacha a la que recordaría siempre con agrado y tristeza.

* * *

Hasta San Francisco no volvió a tener ningún tropiezo, entregando las cosas en el lugar convenido.

—Recibimos la noticia de tu muerte y la creímos hasta hace unos días, que llegó un viajero que pasó por Española y nos comunicó que habías conseguido escapar con vida, después de estar herido más de un mes.

—¿Quién fue ese viajero?

—Eran dos. Dijeron ser amigos tuyos y vinieron a preguntar por ti.

—¿Dos amigos míos?

—Sí. Te conocieron en Española.

—¿Cómo son?

Cuando oyó la descripción de los dos, se echó a reír.

—Esos son los que me hirieron por la espalda y que han venido hasta aquí con la esperanza de encontrarme en el camino. Pero he venido por el norte, por eso he tardado más.

—Han quedado en volver por aquí.

—No lo harán si saben que llegué.

—¿Estás seguro de que fueron ellos?

—¡Segurísimo!

—¡Yo sé dónde encontrarles! Pero vayamos antes a visitar al sheriff.

—No. Es asunto que quiero arreglar personalmente.

—Nada de violencias, Hal... Vete a visitar a tus padres, que están impacientes.

—¿También ellos dudaban de mi éxito?

—Las noticias llegadas y tu gran tardanza, no eran alentadoras. ¿Averiguaste algo?

—Sí, sé quién es uno de los interesados en el fracaso del Pony Express, pero él no representa por sí nada; lo interesante es averiguar por cuenta de quién trabaja.

—¿Quién es?

—No puedo decírtelo. He de hacerlo en un informe a mis superiores; sólo te diré que las dificultades empiezan en Santa Fe, como sucedió antes. El lugar en que mataron a los otros jinetes es el Cañón del Chaco, y sus cadáveres han de estar enterrados en las ruinas prehistóricas de Pueblo Bonito. Todos los jinetes debían elegir ese camino, que es el más corto.

—Entonces tú crees...

—Que si descubrimos quién está detrás de todos esos personajes, no hay nada que temer. Debe organizarse el servicio de todos modos, de forma escalonada y con varios jinetes. Siempre en servicio en una y otra dirección y con recorridos cuanto más cortos mejor. Las diligencias seguirán su sistema de transporte más lento. El jinete debe y puede acortar por cañones muertos y por montañas, y nadie que no sea el interesado debe conocer su ruta. Las remesas de oro han de ser protegidas y en diligencia.

—Eso es una temeridad, Hal. Toda diligencia con escolta será indicio de oro y no dejará de ser atacada en el camino.

—Tal vez tengas razón.

—Vete a ver a tus padres. Supongo que te quedarás aquí.

—No. He de terminar este trabajo. La solución está en Santa Fe, y saldré hacia allá muy pronto. Vamos, primero voy a buscar a esos dos «amigos míos».

Hal salió con el encargado de la oficina del Pony Express de San Francisco, amigo suyo, hacia uno de los saloons más famosos de la alegre ciudad del Pacífico.

Entró primero Tommy, como se llamaba el amigo de Hal. A los pocos minutos salió diciendo que no estaban, pero preguntaría por ellos a la muchacha con la que les vio varias veces.

Le acompañó Hal, y la muchacha, al ver a Tommy, al que conocía como cliente de la casa, le sonrió satisfecha. Era famosa su prodigalidad en las propinas.

—¿No has visto a esos vaqueros que te acompañaban estos días?

—¿Te refieres al viejo Patrick?

—No sé su nombre. Sé que han venido de Santa Fe y esperaban a este amigo mío.

—Marcharon para Santa Fe otra vez ayer mismo.

—¿Estás segura?

—Sí, sí... Ya lo creo. Envié, por ellos, un recado a un amigo que hice cuando estuve allí dos meses. ¿Conocéis Santa Fe?

—Yo sí —replicó Hal.

—Es pequeñita, pero alegre, ¿verdad?

—Sí.

—Me gustaría volver.

—¿A quién conociste allí?

—A mucha gente... El abogado Henderson es el que mejor se portó conmigo. Es conocido de Patrick.

—¿Vive ese Patrick por allí?

—¿No es amigo tuyo?

—Eso dijo él a Tommy, pero yo no recuerdo de quién

se trata.

—Patrick fue vaquero por Las Vegas y no sé qué le ocurrió con un sheriff, que marchó hacia Santa Fe; allí le conocí yo... Trabajó con Henderson padre. Con él trabajaba cuando yo vine, creo que era su capataz. El otro que le acompañaba era desconocido para mí.

—¡Hola, Hal!

Unos brazos fuertes golpeaban en su espalda con cariño.

—Te creíamos muerto —siguió diciendo la misma voz.

—¡Hola, Buck! Ya ves, no pudieron conmigo.

—No podíamos perder a nuestro inspector más joven —dijo otro, acercándose y estrechando la mano de Red.

La muchacha, al oír esto, frunció el ceño y se separó de ellos, disgustada.

—Espera —pidió Hal—. Hemos de hablar.

—No tengo más que decir. Me habéis engañado; pero yo tampoco he dicho la verdad.

Hal sonreía. Estaba arrepentida de haber hablado, pero explicó cuanto sabía.

10

Recibió el coronel Alston al visitante, a quien no conocía.

—¿Es usted quien preguntaba por mi hija Etty?

—Sí, yo soy.

—Está en el pueblo. Marchó de compras con miss Henderson. No tardarán en venir.

Hizo una pausa el coronel y añadió:

—¿Hace mucho que conoce a mi hija?

—Unos meses solamente.

Se fijó el coronel en Hal con detenimiento y dijo:

—No será usted aquel muchacho que estuvo herido en la cabaña y...

—El mismo. Yo soy.

—¡Vaya, vaya! Me alegro mucho de conocerle. Fue

admirable lo que hizo la noche que marchó. Pero a la pobre Etty le dieron un susto enorme.

El coronel refirió lo sucedido con Etty.

—¡Pobre Etty! ¡Todo por mi culpa! —comentó Hal.

—No... La culpa no fue de nadie. Las circunstancias lo determinaron así... Yo creí que no volvería por aquí... y Etty también.

—No es posible que ella creyese que no volvería. Prometí solemnemente lo contrario.

—Pero se han dicho tantas cosas de usted... que ella casi deseaba que no volviese.

Hal miró intensamente al coronel.

—¿Ella o míster Henderson, ayudado por usted?

El coronel, como si hubiera sido picado o mordido por una víbora, se puso en pie y gritó más que dijo:

—¡Fuera de aquí, insolente! Le prohíbo que vea a mi hija, y si le pillo contraviniendo mi orden, dispararé sobre usted como si fuera un coyote.

—Tranquilícese, coronel, es posible que tenga oportunidad de disparar sobre mí, pero no será por este asunto. Recuerde que ni soy manco ni lento. Adviértalo a míster Henderson, si le ve. ¡Cuidado...! El estar en su casa no le autoriza a asesinarme. Si esa mano no deja de descender, aun sintiéndolo mucho, tendré que dejar huérfana a Etty.

El coronel comprendió que, aunque habló con gran serenidad, no bromeaba, y permaneció rígido. Había oído comentar con admiración la rapidez y seguridad de aquel muchacho.

Hal salió lentamente de la vivienda, sin dar un solo minuto la espalda a Alston y, montando a caballo, se alejó del rancho.

No quería pasar por el pueblo, en evitación de ser reconocido y que insistieran en la acusación de que era Pinckeston, pero ahora debía ver a Etty antes de que su padre le refiriese lo sucedido, pues lo deformaría a su modo.

Miraba con atención en todas direcciones al entrar en el pueblo. Temeroso de una traición, caminaba junto a una parte de las construcciones, vigilando todos los huecos y a todas las personas.

A la puerta de un almacén vio el calesín de Etty. Aquel en que fue trasladado una noche desde casa de Bess, de la que habló con Etty frecuentemente y a la que pensaba visitar después de ver a Etty. Era justo que fuera a agradecer a tía Ana, como la llamaba la muchacha, por el valor que tuvo al esconderle, aun suponiéndole un asesino.

Desmontó Hal y entró en el almacén, pero allí no estaba Etty. Era el mismo en que él escribió debajo del cartel la noche que marchó hacia San Francisco.

—¡Hola, muchacho! —le dijo el del mostrador—. No temas, aquí te estimamos todos. Pronto comprobamos que tenías razón. Miss Etty pudo morir esa noche. Los que habían disparado sobre ti en el Chaco, la cogieron para protegerse en su huida.

—¿No ha estado ella por aquí?

—Sí, anda con miss Henderson y un joven de Santa Fe que la acompaña. Son huéspedes del coronel. Ahí, a la puerta, está el calesín de miss Etty.

—Si, ya lo he visto. Bueno, pon un whisky mientras regresa.

—Y qué, ¿fuiste sin novedad hasta San Francisco? Es un viaje muy largo. No sé qué dijeron que habías hecho en Greede. Miss Etty preguntaba con frecuencia si había alguna noticia y eso que no le agrada a míster Henderson que se hable de ti.

—¿No sabes si le dieron mi mensaje?

—Creo que sí, pero no le concedió importancia. ¿Qué hay por San Francisco? ¿Vas a continuar de Pony Express?

—Sí. No creo que tengamos otra interrupción en

el servicio. ¿Cómo andan los asuntos ganaderos de los alrededores?

—Mal, muchacho. El sheriff es incapaz de averiguar quiénes son los que roban con tanta seguridad, casi todas las noches que no hay luna.

—Ese ganado no puede ir muy lejos. Un registro bien realizado en todos los ranchos, podría dar la pista.

—No es posible que sea gente de aquí.

—¿Dónde están entonces los forasteros?

—Deben esconderse en esas montañas. Sólo hay siete millas hasta ellas y son muy difíciles de explorar.

—Se verían las huellas del ganado. No vuela y sus patas dejan un rastro inconfundible.

—Eso mismo dice el sheriff. Ha asegurado que averiguará lo que sucede. ¡Mira, ahí tienes a miss Etty!

Hal vio venir a la joven, acompañada de otra mujer y de un joven.

Etty, al llegar cerca del calesín, según iba hablando con sus acompañantes, se fijó en el caballo y gritó:

—¡Hal! ¡Hal! ¿Dónde estás?

Salió Hal del almacén y, sin preocuparse de las conveniencias ni de lo que pensarían cuantos presenciaban la escena, corrió hacia Etty y la encerró en sus brazos como si fuese una niña.

Ella le cubría el rostro de besos.

—¡Oh, Hal...! Yo creí que no vendrías... Temí que te hubiera sucedido algo.

Miss Henderson y el joven de la ciudad se miraban con extrañeza.

—Yo prometí volver y cumplo siempre mis promesas.

—Ya lo sé, Hal; pero temí por ti... Déjame en el suelo. Voy a presentarte a estos amigos.

Obedeció Hal, que escuchó los nombres de los que presentó Etty, sin enterarse de nada. Estaba pendiente de la joven, a la que sonreía sin descanso.

—¡Ah! —dijo miss Henderson—. ¿Este es el joven que

estuvo herido en la cabaña?

—Y... —añadió el joven— ¿es el que asegura Henderson que es Pinckeston?

—¿Aún insiste en esa leyenda?

—No te preocupes de eso, Hal... Ahora, vamos a casa. Te presentaré a papá.

—Acabo de hacerlo yo y no nos hemos puesto de acuerdo, Etty... Tal vez me excedí, pero no podía admitir que me prohibiera verte.

—¿Te prohibió verme?

—Y me amenazó con matarme si no le obedecía.

—Yo hablaré con él y le convenceré.

—Bueno, a mi hermano no le agradará tampoco esta familiaridad.

—¿Y qué me importa a mí tu hermano? —dijo muy sinceramente Etty—. Podéis llevaros el calesín. Después iré yo a casa. Me llevará Hal. El caballo puede muy bien con los dos.

Miss Henderson abrió sus ojos con un asombro rayano en la incredulidad.

—Sí, será mejor que nos vayamos, Dorothy —indicó el joven, invitando a subir al calesín a miss Henderson.

Cuando el calesín se alejaba, reprochó Hal:

—No debiste hacer eso.

—Quería hablar contigo sin testigos, Hal. Vámonos a pasear.

—Envía recado a tu padre diciéndole que vamos a casa de Bess. Quería agradecer a tía Ana su ayuda.

—¡Oh! ¡Es una magnífica idea! ¡Espera!

Entró Etty en el almacén y salió a los pocos minutos.

—Ya está. Irá un jinete a decírselo a mi padre.

—Tal vez vaya hasta allí dispuesto a todo.

—No lo hará. En el fondo, soy lo único que quiere en el mundo.

Etty no dejaba de hablar a Hal, asediándole con sus preguntas constantemente.

El refirió, y sin omitir el menor detalle, todas las peripecias pasadas hasta llegar a San Francisco.

Después, ella le dijo que Henderson, empujado por su propio padre, se había mostrado como un enamorado pretendiente, al que rechazó sin dejarle jamás la menor esperanza. Pero insistía de forma machacona y su padre no la dejaba en paz.

—Está obstinado en que me case con él.

—No te preocupes. Ahora mismo tía Ana y John nos servirán de testigos y nos casamos en Otis.

Etty testimonió su alegría, abrazándose a él y besándole.

Iba a la grupa en el mismo caballo.

Hal cantó las virtudes del animal, al que, según él, debió la vida en varias ocasiones.

Etty no se atrevía a decir a Hal lo que descubrió sobre las herraduras del caballo montado por su padre. Ahora sólo quería hablarle de su amor, asegurándole que no había dejado de pensar en él un solo minuto.

Cuando llegaron al rancho de John y salió tía Ana a los gritos de Etty, se quedó paralizada al reconocer al joven que la acompañaba.

Hal abrazó a tía Ana, diciendo:

—Es usted la persona a quien en realidad debo la vida. Si no se hubiera atrevido a esconderme, a pesar de creer que era un asesino, aquellos falsos inspectores habrían terminado conmigo.

Hal, como si se trataba de su madre, besó a tía Ana, que se defendía de las caricias, protestando, entre las risas de Etty por sus apuros.

—Y ahora escucha bien, tía Ana. Tú y John vais a ser testigos de nuestra boda.

—¡Pero estás loca, Etty! Tu padre quiere casarte con míster Henderson.

—Y yo no quiero casarme con él, sino con éste. No te atreverás a decir que pierdo en el cambio.

—¡Bess! —llamó tía Ana—. Ve a buscar a tu padre. Dile que está aquí Etty.

Bess, al oír que era Etty quien se hallaba en su casa, corrió a su encuentro, quedando cortada como su madre, al ver a Hal.

—¿No le recuerdas, Bess?

—Ya lo creo. Me engañaste diciendo que se escapó de la cabaña.

—Confieso que tenía celos de ti. ¡Eres tan bonita!

—Tienes razón, Etty —dijo Hal—. ¡Es preciosa! A mí me pareció un ángel la primera vez que abrí los ojos, después de caer sin sentido no sé dónde.

—Fue ahí mismo —exclamó tía Ana, señalando ante la puerta—. Avisa a tu padre; estos locos quieren casarse aquí sin que se entere su padre.

—Haces bien, Etty. Yo temí que te casaras con ese Henderson, que no me gusta.

—¡Gracias, Bess! ¡Muchas gracias!

—Tendrán que admitirla como huésped hasta que su padre se decida a dar conformidad por bien hecha nuestra boda —indicó Hal.

—No tendrá más remedio —comentó Ana.

—¡Ah...! Y si viene el coronel, como si viniera míster Henderson, en mi ausencia, no la dejen salir.

—No temas, Hal, no iré con ellos.

El padre de Bess puso reparos, como su esposa, pero los jóvenes estaban tan obstinados en ello, que no pudo oponerse y marchó con ellos a visitar al padre Gerrity, que, conocedor de los deseos de los muchachos y de las causas que les movían a dar este paso, decidió ayudarles, casándoles legalmente y extendiendo un certificado de que ya era inútil toda oposición.

Cuando regresaron a casa de Ana, Hal fue a la silla del caballo y sacó de ella un sobre abultado, y al entregárselo a Ana, dijo:

—No es que desee pagar lo que no tiene precio, pero

me gustaría que ese dinero ayudara a Bess a casarse con Jimmy y que adquieran un rancho para ellos.

Hal se vio abrazado y besado por las dos jóvenes, su esposa y su amiga.

—¡Pero qué bueno eres! —decía Etty—. Tienes que aceptarlo, Ana. Hal te lo da de todo corazón. ¿Por qué no me dijiste lo que pensabas hacer?

—No quería que te opusieras, colocándome en una situación difícil.

—No podría hacerlo... Bess es para mí como una hermana. Ya lo sabes. Te lo he repetido muchas veces.

—Lo sé.

—Bueno, hijos míos, lo acepto gustosa y que Dios os haga muy felices a los cuatro, porque ahora sí que podrá casarse Bess.

Ana abrió el sobre y, al ver tanto dinero, exclamó:

—¡Pero esto es demasiado! ¿Y vosotros?

—No se preocupe, tía Ana —Etty sonreía al oír a Hal llamar así a Ana—. Nosotros nos iremos a California. Mis padres esperan a mi esposa y son bastante ricos.

Etty se abrazó a Hal.

—Ahí viene tu padre, Etty —advirtió John, desde la puerta.

—Escóndete, Hal; no quiero que peleéis vosotros. Yo diré lo sucedido.

Bess cogió a Hal por un brazo y lo llevó a la habitación en que ya estuvo otra vez.

El coronel desmontó y entró como un torbellino en la casa.

—¡Etty! —gritó—. ¡Ya estás regresando conmigo...! ¿Dónde está ese miserable?

—Tranquilízate, papá, te lo ruego. Ese miserable es ya mi esposo. Acabamos de casarnos... Estos son testigos de ello. —¡Mentira! ¡Eso es mentira!

—¡Toma el certificado y convéncete!

El coronel, abrumado por la noticia, se dejó caer en

una silla, exclamando:

—¡Qué locura! ¿Qué dirá Henderson?

—Él sabe que no le quiero.

—Pero él a ti, sí. Romperá nuestra sociedad y...

—No te preocupe eso...

—Coronel, debe interesarle la felicidad de Etty. Ella quiere a su esposo.

—Es un miserable, y también, un ambicioso. No le daré un solo dólar.

—No lo necesitamos, papá. Hal tiene para que vivamos sin nada tuyo. Nos iremos a California con su familia.

—No lo permitiré.

—No podrás evitarlo. Estoy legalmente casada.

—No creas que a mí me asusta ese pistolero.

—¡No insultes a mi esposo, papá!

—Es un pistolero. Tiene razón Henderson... Le meterá en la cárcel por asesino.

—No podrá.

—Ya verás si puede. Henderson puede lo que quiere.

—No le obligues a que mate a más.

Etty recordaba cuanto Hal le refirió minutos antes.

—No se saldrá con la suya. Vamos a casa.

—¡No! Me quedo aquí. Iré cuando admitas en ella a mi esposo también.

—¡Eso jamás! ¡De nada sirve que se haya escondido como un cobarde! ¡Le buscaré y le mataré!

Después de decir esto, el coronel salió, montando a caballo y gritando:

—¡Y vosotros no vayáis nunca por mi casa porque os arrojaré yo mismo a latigazos!

John se encogió de hombros y no replicó, pero Ana se adelantó y exclamó:

—¡No me sorprendería nada de quien mató a su propia esposa! ¡Asesi...!

El coronel disparó su revólver y espoleó el caballo.

Ana no pudo continuar. La bala destrozó su pecho, muriendo en el acto.

Hal salió a los sollozos y gritos de Etty y John, que, por estar sin armas, no pudo disparar contra el coronel.

—¡Cobarde! —exclamó Hal—. ¡Te vengaré, santa mujer, aunque con ello destroce mi felicidad! ¡Lo juro! ... ¡No pararé hasta conseguirlo!

Etty se cubrió el rostro con las manos.

Bess sollozaba en silencio, abrazada al cadáver de su madre.

—Perdóname, Etty —dijo Hal, abrazado a la joven—. Estoy un poco enloquecido. ¡Esto es monstruoso!

—Te... com...prendo, Hal, te comprendo. Creo que yo misma dispararía contra él. ¡Pobre Ana y pobre madre mía! Siempre supuse que había algo dudoso en la muerte de ella.

El padre de Bess entró en la casa, muy pálido. Se colgó las armas a los costados y volvió a salir.

—¡No, John, no! Eso es cosa mía —gritó Hal.

John le miró como un loco, se soltó de su mano y sin decir nada marchó hacia su caballo.

—He dicho que no debe ir. Le matará también. El coronel es un viejo gunman.

Estas palabras hicieron bajar las manos de Etty, que cubrían sus ojos, y abrirlos con espanto.

—Sí, Etty —continuó Hal pesaroso—. Lo temí cuando estuve en la cabaña y lo he comprobado en California, donde fue muy conocido y temido. El y Henderson padre robaron oro y mataron por el American y el Sacramento. Tuvieron que huir cuando el Comité de Vigilancia y se establecieron aquí, haciéndose pasar por personas dignas, pero sin perder sus hábitos del todo. Continúan robando ganado, porque el oro que pudieron traer era insuficiente. Henderson padre consiguió hacer una fortuna en negocios que ignoro, pero que imagino serían poco limpios. Su hijo es igual que ellos.

Él fue quien ordenó que me mataran para apoderarse de la documentación y planos de una mina que supo iba a llevar con el correo hasta San Francisco. No era tal plano ni tal documentación, era la justificación de la personalidad del coronel y de Henderson. Un viejo minero de entonces les conoció aquí y escribió a San Francisco, notificándolo. Con cien vidas no podrían liquidar el daño que hicieron en la cuenca... ¡No quería decirte nada de todo esto, Etty! Pero ya es preferible que lo sepas.

—¿Cómo te has enterado, Hal? —preguntó Etty.

—No soy solamente Pony Express, Etty. Soy inspector, encargado por Washington de aclarar las razones que hay para evitar que este servicio de correo sobre caballo arraigue, y como consecuencia descubrí a Henderson, que es el encargado de ello por alguien a quien no conocemos todavía.

—Mi esposa debía conocer la vida del coronel. No quiso decírmelo nunca, pero a veces, sin querer, se le escapaba algo.

—Están reclamados por California y he conseguido de Washington que puedan ser trasladados desde aquí. Por eso he tardado tanto tiempo en regresar. He estado esperando la respuesta de Washington. ¿No has visto a aquellos dos que te raptaron?

—No —respondió Etty—. No he vuelto a verles por aquí.

—He de marchar a Santa Fe. John, prométeme que velarás por Etty.

—Voy contigo, Hal. Tengo miedo de quedar aquí Me asusta mi padre —decía Etty.

—Bien. Iremos los dos, después de enterrar a la buena de Ana.

11

Llegaron Hal y Etty a Santa Fe, quedando ella en casa de unas amigas, a las que, como es natural, no dijo nada de lo que sucedía, aunque sí comunicó que se había casado en Otis con Hal, contra la voluntad de su padre.

Hal visitó al sheriff y al gobernador, con los que habló extensamente, mostrándoles los escritos de Washington, de que era portador.

El sheriff ofreció su ayuda, que el gobernador le ordenó prestase.

—La detención del viejo Henderson es algo que producirá un gran revuelo. Aquí se le tiene por una persona dignísima —decía el sheriff.

—Lo comprendo —respondió Hal—, pero no hay más remedio.

—Pero su hijo, como abogado, querrá oponerse y me amenazará de mil modos.

—Haga como que no oye.

—Será mejor que sea usted quien se encargue de ello. Es hombre influyente y las elecciones están próximas. Voy a presentarme para representante.

Sonrió Hal y dijo:

—Está bien. Yo me encargaré de ello.

—El viejo vive en un rancho a seis millas de aquí.

—¿Y el hijo?

—Tiene su oficina cerca de la mía.

Se encaminaron el sheriff y Hal a la oficina del primero para que los ayudantes del sheriff acompañaran al joven en su misión.

Estaba Hal dentro de la oficina oyendo las instrucciones que el sheriff daba a sus ayudantes, cuando desde la ventana vio al coronel, que desmontaba de su caballo a pocas yardas de allí.

—Está allí la oficina de Henderson hijo, ¿verdad?

Y Hal señaló hacia donde había visto entrar al coronel.

—Sí —le respondió el sheriff—. Ya pueden marchar. Procure no traerle por el pueblo. Cuantos menos se enteren de ello, mejor.

Pero al salir Hal con los ayudantes del sheriff, descubrió a dos vaqueros que venían en dirección opuesta por la calle y que, al verle, se encorvaron sobre sí mismos.

Los tres se quedaron parados.

—Al fin os encuentro —gritó Hal—. Ahora os va a ser difícil sorprenderme. Si no queréis morir, podéis decirme quién os envió con orden de matarme.

—No seas fanfarrón —dijo el más alto—. ¡Tú eres Pinckeston! —gritó para ser oído—. Y vas a morir como lo que eres.

Los espectadores casuales admiraron en Hal la

rapidez de acción y la seguridad de sus disparos.

El más alto cayó muerto y el otro, con los brazos pendiendo a los costados, le miraba con asombro y con terror.

—¡Habla si no quieres morir!

—Nos lo encargó... Pero no pudo continuar. Henderson, desde la puerta de su oficina, disparó sobre él.

Hal se dejó caer de costado al suelo, salvando así milagrosamente su vida y disparando a su vez contra Henderson, que soltó su arma y, segundos después, se inclinaba muerto.

El coronel quiso defender a su amigo, sorprendiendo a Hal en un salto desde la oficina a la calle con las armas preparadas. Pero el joven no estaba descuidado por haberle visto entrar, y, en el aire, mientras daba el salto, fue cazado por las armas del yerno.

Los ayudantes del sheriff se miraban asombrados, teniendo que explicar a los que presenciaron la escena que se trataba de un inspector en cumplimiento de su deber y que los muertos eran viejos conocidos de las autoridades de California.

Pero cuando llegaron al rancho del viejo Henderson, éste había desaparecido. Alguien le avisó la muerte de su hijo y del coronel.

Etty también supo lo sucedido. Por eso al regresar Hal en su busca, le dijo:

—No te guardo rencor, porque defendiste tu vida.

—Pero al matar a Henderson, no he podido averiguar quién se escondía detrás de él en el asunto de las muertes de los jinetes del Pony Express.

—Nos quedamos aquí una temporada...

—No. Marcharemos a California. ¿Y la hermana de Henderson?

—No sé. Estará en su casa.

—Ella no puede ser culpable del pasado de los suyos.

—¿No la detendrás?

—¿Por qué?

—Tienes razón.

—La mandará llamar su padre. No habrá ido lejos. Tal vez esté donde quisieron asesinarme a mí... en el Cañón del Chaco... pero mis agentes se encargarán de él.

—¿Qué haremos con mi rancho?

—Cedérselo a Bess y Jimmy. Así llevarán con ellos al pobre John.

Y, mientras tanto, los jinetes del Pony Express seguirán sus caminos haciendo su trabajo bajo el silbido del plomo, como siempre han hecho.

♠ ♠ ♠

Código de injusticia

JOHN MASTERSON
LADY VALKYRIE COLECCIÓN OESTE®
COLECCIONOESTE.COM

Le hicieron pistolero

JOHN MASTERSON
LADY VALKYRIE COLECCIÓN OESTE®
COLECCIONOESTE.COM

Juntos hicieron justicia

JOHN MASTERSON
LADY VALKYRIE COLECCIÓN OESTE®
COLECCIONOESTE.COM

*¡Visite LADYVALKYRIE.COM para ver
todas nuestras novelas!*

*¡Y visite COLECCIONOESTE.COM para ver
todas nuestras novelas del Oeste!*

Made in the USA
Las Vegas, NV
01 December 2023

81950124R00080